TRANZLATY

La Langue est pour tout le Monde

Kieli kuuluu kaikille

La Métamorphose

Muodonmuutos

Franz Kafka

Français
Suomi

ISBN: 978-1-83566-889-4
Die Verwandlung
Franz Kafka, 1915

www.tranzlaty.com

Première partie
Osa yksi

Gregor Samsa se réveilla un matin après des rêves agités.
Gregor Samsa heräsi eräänä aamuna levottomiin uniin.
Il se retrouva dans son lit, incapable de bouger.
Hän huomasi makaavansa sängyssään, mutta ei pystynyt liikkumaan.
Il avait été transformé en un monstre vermineux.
Hän oli muuttunut hirviömäiseksi tuholaiseksi.
Il était allongé sur le dos, une carapace dure comme une armure.
Hän makasi selällään, joka oli kova kuin haarniska.
En relevant légèrement la tête, il pouvait voir son ventre.
Nostamalla päätään hieman hän näki vatsansa.
Mais son ventre était bombé et divisé en segments.
Mutta hänen vatsansa oli kupumainen ja jakautunut osiin.
La couverture reposait sur son ventre arrondi.
Peitto lepäsi hänen pyöreän vatsansa päällä.
Mais la couverture était sur le point de glisser complètement.
Mutta peitto oli lähellä valua kokonaan alas.
Ses jambes étaient pitoyables comparées à leur taille habituelle.
Hänen jalkansa olivat säälittävät verrattuna niiden tavanomaiseen kokoon.
Et ses nombreuses pattes s'agitaient impuissantes devant ses yeux.
Ja hänen monet jalkansa välkkyivät avuttomana hänen silmiensä edessä.
« Que m'est-il arrivé ? » se demanda-t-il.
"Mitä minulle on tapahtunut?" hän ajatteli itsekseen.
Mais ce n'était pas un rêve dont il ne pouvait se réveiller.
Mutta se ei ollut uni, josta hän ei olisi voinut herätä.
Il se trouvait bel et bien dans sa propre chambre.
Se oli todellakin hänen oma huoneensa, jossa hän oli.

Une vraie chambre pour des humains, mais un peu trop petite.
Oikea huone ihmisille, mutta hieman liian pieni.
Il gisait tranquillement entre les quatre murs bien connus.
Hän makasi hiljaa neljän tutun seinän välissä.
Sur la table se trouvait une collection d'échantillons de textiles.
Pöydällä oli kokoelma tekstiilinäytteitä.
Samsa était un vendeur ambulant, d'où les échantillons.
Samsa oli kauppamatkustaja, mistä johtuu näytteet.
Au-dessus des échantillons de textile désassemblés se trouvait une image.
Purettujen tekstiilinäytteiden yläpuolella oli kuva.
Il avait récemment découpé la photo dans un magazine.
Hän oli äskettäin leikannut kuvan lehdestä.
Il avait placé le tableau dans un joli cadre doré.
Hän oli asettanut kuvan kauniiseen, kullattuun kehykseen.
Le tableau encadré représentait une dame assise bien droite.
Kehyksissä olevassa kuvassa oli kuvattuna suorassa istuva nainen.
Elle portait un chapeau de fourrure et un manchon de fourrure.
Hänellä oli turkishattu ja turkismuhvi.
Elle levait la main en direction du spectateur.
Hän nosti kätensä kuvan katsojaa kohti.
Son avant-bras entier disparaissait dans son épais manchon de fourrure.
Koko hänen kyynärvartensa katosi raskaaseen karvaiseen muhviin.
Gregor regarda par la fenêtre le temps maussade.
Gregor katsoi ikkunasta harmaata säätä.
On pouvait entendre les grosses gouttes de pluie frapper la fenêtre.
Ikkunaan kuului raskaiden sadepisaroiden osuvan.
Le temps gris le rendait très mélancolique.
Harmaa sää sai hänet tuntemaan olonsa hyvin melankoliseksi.
« Et si je dormais un peu plus longtemps ? » pensa-t-il.

"Entä jos nukkuisin vähän pidempään?" hän ajatteli.

« Dormir davantage m'aiderait peut-être à oublier ces bêtises. »

"Lisää unta voisi auttaa minua unohtamaan tämän hölynpölyn."

Mais dormir plus longtemps était totalement impossible.

Mutta nukkuminen pidempään oli täysin mahdotonta.

Parce qu'il avait l'habitude de dormir sur le côté droit.

Koska hän oli tottunut nukkumaan oikealla kyljellään.

Mais son état actuel l'empêchait d'effectuer ses mouvements habituels.

Mutta hänen nykyinen tilansa esti hänen tavanomaiset liikkeensä.

Il n'avait aucun moyen de se retrouver dans cette situation.

Hänellä ei ollut mitään keinoa päästä tähän asemaan.

Il fit de son mieux pour se jeter sur son côté droit.

Hän yritti parhaansa mukaan heittäytyä oikealle kyljelleen.

Il a probablement tenté ce mouvement une centaine de fois.

Hän luultavasti yritti tätä liikettä sata kertaa.

Mais il revenait toujours en position couchée sur le dos.

Mutta hän keinui aina takaisin selälleen.

Il ferma les yeux pour ne pas voir ses jambes qui s'agitaient.

Hän sulki silmänsä, jottei näkisi nykiviä jalkojaan.

Finalement, la douleur l'a empêché de réessayer.

Lopulta kipu esti häntä yrittämästä uudelleen.

Une douleur sourde au flanc qu'il n'avait jamais ressentie auparavant.

Tylsä kipu kyljessä, jollaista hän ei ollut koskaan ennen tuntenut.

« Oh mon Dieu », pensa désespérément Gregor Samsa.

"Voi luoja", Gregor Samsa ajatteli epätoivoisesti itsekseen.

« Quel métier pénible j'ai choisi ! »

"Mikä vaativan ammatin olenkaan itselleni valinnut!"

« Je dois voyager tous les jours pour le travail. »

"Päivästä toiseen minun täytyy matkustaa ympäriinsä työni vuoksi."

« Le travail de bureau est beaucoup plus facile que le travail sur la route. »
"Toimistotyö on paljon helpompaa kuin tien päällä työskentely."
« Et j'ai la malédiction de devoir voyager constamment. »
"Ja minulla on se kirous, että minun täytyy matkustaa ympäriinsä."
« Toutes ces inquiétudes liées au fait d'être à l'heure pour les trains. »
"Kaikki huolet siitä, ehtiikö juniin ajoissa."
« Mes horaires de repas sont irréguliers et la nourriture est mauvaise. »
"Ruokailuaikani ovat epäsäännölliset ja ruoka on pahaa."
« Mes amis changent constamment de ville. »
"Ystäväni vaihtuvat aina kaupungista toiseen."
« Mes interactions sont froides et professionnelles. »
"Vuorovaikutussuhteeni ovat kylmiä ja ammattimaisia."
«Que le diable s'amuse avec ce genre de travail !»
"Antaa paholaisen huvittaa itseään tällaisella työllä!"
Il ressentit une légère démangeaison en haut de l'estomac.
Hän tunsi lievää kutinaa vatsansa yläosassa.
Il s'appuya contre le montant du lit, le dos contre le sol.
Hän työnsi itsensä selällään sängynpylvästä vasten.
Il voulait pouvoir mieux lever la tête.
Hän halusi pystyä nostamaan päätään paremmin.
Il a trouvé l'endroit qui le démangeait.
Hän löysi kutisevan kohdan, joka vaivasi häntä.
Sa tête semblait recouverte de petits points blancs.
Hänen päänsä näytti olevan täynnä pieniä valkoisia pisteitä.
Il ne pouvait pas dire ce que représentaient ces petits points blancs.
Mitä nämä pienet valkoiset pisteet olivat, hän ei osannut sanoa.
Il avait prévu de toucher l'endroit avec une de ses jambes.
Hän oli suunnitellut koskettavansa kohtaa yhdellä jalallaan.
Mais lorsqu'il toucha l'endroit, il ressentit un étrange frisson.

Mutta kosketettuaan kohtaa hän tunsi oudon kylmyyden.

Il a donc immédiatement retiré sa jambe.

Niinpä hän veti jalkansa heti pois paikalta.

Il n'avait d'autre choix que d'accepter cette sensation de démangeaison.

Hänellä ei ollut muuta vaihtoehtoa kuin hyväksyä kutinan tunne.

Et il reprit sa position initiale dans le lit.

Ja hän palasi edelliseen asentoonsa sänkyyn.

«Se réveiller si tôt rend vraiment stupide.»

"Näin aikaisin herääminen tekee ihmisen todella tyhmäksi."

« Un homme doit dormir suffisamment », pensa-t-il.

"Ihmisen täytyy nukkua tarpeeksi", hän ajatteli itsekseen.

« Les autres représentants de commerce mènent une vie de luxe. »

"Muut kauppamatkustajat elävät ylellistä elämää."

« Le matin, je transfère les ordres que j'ai reçus. »

"Aamulla siirrän saamani tilaukset."

« Pendant ce temps, ces messieurs prennent encore leur petit-déjeuner. »

"Sillä välin nuo herrat syövät yhä aamiaista."

« Imaginez un peu si j'essayais de faire ça avec mon patron. »

"Kuvittele, jos yrittäisin tehdä saman pomoni kanssa."

«Il me licenciait avant même que j'aie fini mon petit-déjeuner.»

"Hän antaisi minulle potkut ennen kuin olisin syönyt aamiaiseni loppuun."

« Mais ce ne serait peut-être pas le pire non plus. »

"Mutta ehkä se ei olisikaan pahin mahdollinen."

«Le problème, c'est que mes parents me freinent.»

"Ongelmana on, että vanhempani pidättelevät minua."

« Sans eux, j'aurais déjà démissionné. »

"Jos heitä ei olisi ollut, olisin jo irtisanoutunut."

« J'aurais tenu tête au patron et je lui aurais dit. »

"Olisin noussut pomoa vastaan ja kertonut hänelle."

« Je dirais exactement ce que je pense de lui et de son travail. »

"Sanoisin tarkalleen, mitä ajattelen hänestä ja hänen työstään."
« Il tomberait de son bureau si je lui racontais tout ! »
"Hän putoaisi pöydältään, jos kertoisin hänelle kaiken!"
« Sa façon de s'asseoir à son bureau est très étrange. »
"On hyvin outoa, miten hän istuu työpöydällään."
« Sa façon de parler à ses subordonnés n'est pas correcte. »
"Tapa, jolla hän puhuu alaisilleen, ei ole oikea."
« Et le pire, c'est que son ouïe est très mauvaise. »
"Ja pahinta on, että hänen kuulonsa on niin huono."
«Vous n'avez donc pas d'autre choix que de vous asseoir très près de lui.»
"Joten sinulla ei ole muuta vaihtoehtoa kuin istua aivan hänen vieressään."
« Cela dit, l'espoir n'est pas encore totalement perdu. »
"Mutta kaikesta huolimatta toivo ei ole vielä täysin menetetty."
« Je vais économiser cet argent pour rembourser les dettes de mes parents. »
"Säästän rahat maksaakseni vanhempieni velat pois."
« Je ne peux rien faire tant qu'ils lui doivent de l'argent. »
"En voi tehdä mitään niin kauan kuin he ovat hänelle velkaa."
« Mais une fois la dette remboursée, je le ferai sans aucun doute. »
"Mutta kun velka on maksettu, teen sen varmasti."
« Cela prendra probablement encore cinq à six ans. »
"Se vie luultavasti vielä viisi tai kuusi vuotta."
« Oui, alors la grande séparation aura certainement lieu. »
"Kyllä, silloin se suuri ero varmasti tehdään."
« Pour le moment, je dois me lever. »
"Minun täytyy kuitenkin nousta sängystä toistaiseksi."
« Parce que mon train part à cinq heures. »
"Koska junani lähtee kello viisi."
Gregor regarda le réveil qui tic-tac sur la table.
Gregor katsoi pöydällä tikittävää herätyskelloa.
« Père céleste ! » pensa-t-il en regardant l'heure.
"Taivaallinen Isä!" hän ajatteli nähdessään kellon.
Six heures et demie étaient déjà passées sans qu'on s'en aperçoive.

Puoli seitsemän oli jo hiljaa ollut ja mennyt.

Et les aiguilles de l'horloge continuaient d'avancer d'elles-mêmes.

Ja kellon viisarit liikkuivat itsestään eteenpäin.

Et il était presque sept heures quarante-cinq.

Ja nyt kello lähestyi varttia vaille seitsemän.

« Peut-être que le réveil n'a pas sonné ? » pensa-t-il.

"Ehkä herätyskello ei ollut soinut herättääkseen minua?" hän ajatteli.

Depuis son lit, Gregor inspecta le réveil.

Gregor tarkasteli herätyskelloa sängystään käsin.

Le réveil était correctement réglé sur quatre heures.

Herätyskello oli asetettu oikein neljään.

Il ne pouvait pas l'expliquer, mais l'alarme avait dû sonner.

Hän ei osannut selittää sitä, mutta hälytys oli varmaankin soitettu.

« Comment ai-je pu dormir sans m'en rendre compte après avoir entendu le réveil ? »

"Miten nukuin herätyskellon yli tietämättäni?"

Quand elle sonne, l'alarme fait même trembler les meubles.

Kun hälytys soi, se jopa ravistelee huonekaluja.

Il savait que son sommeil n'avait pas été du tout paisible.

Hän tiesi, ettei hänen unensa ollut ollut lainkaan rauhallista.

Mais c'est peut-être pour cela que son sommeil était beaucoup plus profond.

Mutta ehkä juuri siksi hänen unensa oli paljon syvempää.

Il devait réfléchir à ce qu'il devait faire maintenant.

Hänen täytyi miettiä, mitä hänen nyt pitäisi tehdä.

Le train suivant ne partait qu'à sept heures.

Seuraava juna lähti vasta seitsemältä.

Prendre ce train serait quasiment impossible.

Junan ehtiminen olisi lähes mahdotonta.

Et il n'avait pas encore emporté les textiles dont il avait besoin.

Eikä hän ollut vielä pakannut tarvitsemiaan tekstiilejä.

Il ne se sentait pas particulièrement frais et agile non plus.

Hän ei myöskään tuntenut oloaan erityisen virkeäksi ja ketteräksi.

Il y avait peut-être une chance de monter dans le train.

Ehkä olisi ollut mahdollisuus päästä junaan.

Mais une réprimande du patron était inévitable de toute façon.

Mutta pomon nuhtelu oli joka tapauksessa väistämätöntä.

Le commis aurait pris le train de cinq heures.

Virkailija olisi noussut viiden junaan.

Le commis de bureau était une créature sans envergure, à la solde du patron.

Toimistovirkailija oli pomon selkärangaton olento.

L'absence de Gregor aurait donc déjà été signalée.

Joten Gregorin poissaolosta olisi jo ilmoitettu.

« Et si je me faisais porter malade ? » se demandait Gregor.

"Entä jos ilmoitan olevani sairas?" Gregor mietti.

Mais ce serait extrêmement embarrassant et suspect.

Mutta se olisi äärimmäisen kiusallista ja epäilyttävää.

Gregor n'avait jamais été malade pendant la période où il avait travaillé là-bas.

Gregor ei ollut kertaakaan ollut sairas sinä aikana, kun hän työskenteli siellä.

Et il leur avait déjà consacré cinq années de service.

Ja hän oli jo antanut heille viisi vuotta palvelusta.

Il y avait de fortes chances que le patron vienne prendre de ses nouvelles.

Todennäköisesti pomo tulisi tarkistamaan hänen vointinsa.

Il amènerait probablement le médecin de l'assurance maladie.

Hän luultavasti toisi sairausvakuutusyhtiön lääkärin mukaan.

Et il blâmait les parents pour la paresse de leur fils.

Ja hän syyttäisi vanhempia heidän laiskasta pojastaan.

Ils ne pourraient formuler aucune objection à son égard.

Heillä ei olisi mitään vastalauseita häntä vastaan.

Car pour lui, il n'y avait que deux sortes de travailleurs.

Koska hänelle oli vain kahdenlaisia työntekijöitä.

Soit les ouvriers étaient en parfaite santé, soit ils rechignaient à travailler.
Joko työntekijät olivat täysin terveitä tai työnarkoja.
Et aurait-il même tort dans cette analyse de base ?
Ja olisiko hän edes väärässä tuossa perusanalyysissä?
Assurément, dans ce cas précis, son argument était solide.
Tässä tapauksessa hänellä oli toki vahvat perustelut.
Malgré son apparence, Gregor se sentait en réalité plutôt bien.
Ulkonäöstään huolimatta Gregor tunsi olonsa itse asiassa varsin hyväksi.
Ce long sommeil inutile l'avait rendu un peu somnolent.
Tarpeettoman pitkät yöunet tekivät hänestä hieman uneliaan.
Mais à part ça, il ne pouvait pas se plaindre de maladie.
Mutta muuten hän ei voinut valittaa sairaudesta.
Il ressentait même une faim particulièrement forte et saine.
Hän tunsi jopa erityisen voimakasta ja tervettä nälkää.
Tandis qu'il nourrissait ces pensées, l'horloge sonna de nouveau.
Hänen miettiessään näitä ajatuksia kello löi uudelleen.
Selon l'alarme, il était alors sept heures moins le quart.
Hälytyskellon mukaan kello oli nyt varttia vaille seitsemän.
Et maintenant, on frappa doucement à la porte.
Ja nyt ovelta koputettiin myös hiljaa.
« Gregor », l'appela quelqu'un – c'était sa mère.
"Gregor", joku huusi hänelle – se oli äiti.
« Il est sept heures moins le quart », a-t-elle confirmé en entendant l'alarme.
"Kello on varttia vaille seitsemän", hän vahvisti hälytyksen.
« Tu ne voulais pas partir ? » demanda la douce voix.
"Etkö halunnut lähteä?" kysyi lempeä ääni.
Gregor eut peur en entendant sa voix répondre.
Gregor pelästyi kuullessaan oman äänensä vastaavan.
Sa voix était toujours la même.
Ääni oli edelleen se ääni, joka hänellä oli aina ollut.
Mais une nouvelle sonorité s'était désormais mêlée à sa voix.
Mutta nyt hänen ääneensä sekoittui uusi ääni.

Un couinement douloureux s'échappa également du plus profond de lui.
Syvällä hänen sisältään pääsi myös tuskallinen vinkaisu.
Au début, sa voix semblait former des mots avec clarté.
Aluksi hänen äänensä tuntui muodostavan sanoja selkeästi.
Mais alors, Gregor entendit l'écho mental de sa voix.
Mutta sitten Gregor kuuli äänensä kaiun mielessään.
L'enregistrement de sa voix s'est interrompu de façon étrange.
Hänen äänensä tallenne katkesi oudolla tavalla.
Et il n'était pas sûr d'avoir bien entendu.
Eikä hän ollut varma, kuuliko hän asiat oikein.
Gregor éprouvait un profond désir de donner une réponse détaillée.
Gregor tunsi syvää halua antaa yksityiskohtaisen vastauksen.
Il voulait tout expliquer clairement à sa mère.
Hän halusi selittää kaiken selvästi äidilleen.
Mais, compte tenu des circonstances, il devait se limiter.
Mutta olosuhteiden vuoksi hänen oli pakko rajoittaa itseään.
Et sa réponse fut beaucoup plus brève qu'il ne l'aurait souhaité.
Ja hän vastasi paljon lyhyemmin kuin olisi halunnut.
"Oui maman, ne t'inquiète pas, merci, je suis déjà levée."
"Kyllä äiti, älä huoli, kiitos, olen jo ylhäällä."
La porte en bois a probablement contribué à étouffer sa voix.
Puinen ovi luultavasti vaimenti hänen ääntään.
À l'extérieur, le changement dans la voix de Gregor est resté inaperçu.
Ulkona Gregorin äänen muutos pysyi huomaamattomana.
La mère semblait satisfaite de son explication.
Äiti näytti olevan tyytyväinen hänen selitykseensä.
Et elle repartit aussi discrètement qu'elle était venue.
Ja hän lähti taas yhtä hiljaa kuin oli tullutkin.
Mais cette petite conversation a eu un effet indésirable.
Mutta pienellä keskustelulla oli ei-toivottu vaikutus.
Il a attiré l'attention des autres membres de la famille.
Hän herätti muiden perheenjäsenten huomion.

Gregor était toujours chez lui et n'était pas allé travailler.

Gregor oli vielä kotona eikä ollut mennyt töihin.

Et maintenant, le père frappa lui aussi à la porte de côté.

Ja nyt isä koputti myös sivuoveen.

Il frappa faiblement, mais avec détermination, du poing.

Hän koputti nyrkillään heikosti, mutta päättäväisesti.

« Gregor, Gregor », appela-t-il, « quel est le problème ? »

"Gregor, Gregor", hän huusi, "mikä on hätänä?"

Au bout d'un moment, il avertit de nouveau d'une voix plus grave.

Hetken kuluttua hän varoitti uudelleen matalammalla äänellä.

Mais la sœur frappa alors à la porte de l'autre côté.

Mutta toisella puolella olevaan oveen sisar koputti nyt.

« Gregor ? Tu ne te sens pas bien ? » demanda-t-elle doucement.

"Gregor? Etkö voi hyvin?" hän kysyi hiljaa.

« Avez-vous besoin de quelque chose ? » demanda-t-elle, inquiète.

"Tarvitsetko jotain?" hän kysyi huolestuneena.

Gregor a répondu aux deux parties : « J'ai déjà terminé. »

Gregor vastasi molemmille osapuolille: "Olen jo valmis."

Il avait fait de son mieux pour prononcer tous les mots avec soin.

Hän oli parhaansa mukaan yrittänyt lausua kaikki sanat huolellisesti.

Et il a gommé tout ce qui était ostentatoire dans sa voix.

Ja hän poisti äänestään kaiken huomiota herättävän.

Le père semblait également satisfait de la réponse.

Isäkin näytti tyytyväiseltä vastaukseen.

Et il retourna à son petit-déjeuner inachevé.

Ja hän palasi takaisin keskeneräisen aamiaisensa ääreen.

Mais la sœur murmura : « Gregor, ouvre la bouche, je t'en supplie. »

Mutta sisar kuiskasi: "Gregor, avaa ovesi, pyydän sinua."

Mais son inquiétude à son égard ne parvenait en rien à l'émouvoir.

Mutta hänen huolensa hänestä ei voinut liikuttaa häntä
millään tavalla.
Gregor n'avait aucune intention de lui ouvrir la porte.
Gregorilla ei ollut aikomustakaan avata ovea hänelle.
**Ses voyages lui avaient permis d'acquérir certaines
habitudes de prudence.**
Hän oli matkustamisen myötä omaksunut joitakin varovaisia
tapoja.
Et il se félicita d'avoir verrouillé les portes.
Ja hän kehui itseään ovien lukitsemisesta.
**Il voulait d'abord se lever tranquillement, à son propre
rythme.**
Ensin hän halusi nousta ylös hiljaa omaan tahtiinsa.
Et, sans être dérangé, il voulut s'habiller.
Ja häiritsemättä hän halusi pukeutua.
Cela étant fait, il voulut ensuite prendre son petit-déjeuner.
Tämän saavutettuaan hän halusi sitten syödä aamiaista.
**Ce n'est qu'alors qu'il a souhaité examiner la situation plus
en détail.**
Vasta sen jälkeen hän halusi tarkastella tilannetta tarkemmin.
Il savait qu'il était inutile de faire des projets au lit.
Hän tiesi, ettei sängyssä ollut mitään järkeä tehdä
suunnitelmia.
Il serait impossible de parvenir à une conclusion sensée.
Järkevän johtopäätöksen tekeminen olisi mahdotonta.
**Il lui était déjà arrivé de se réveiller avec de légères
douleurs.**
Hän oli herännyt toisinaankin lieviin kipuihin.
**Ces douleurs se sont toujours révélées être de pures
inventions de l'imagination.**
Nämä kivut osoittautuivat aina puhtaaksi mielikuvitukseksi.
En me levant du lit, la douleur disparaissait invariablement.
Sängystä noustessa kipu aina hellitti.
Il était curieux de voir ce qu'il adviendrait de ces idées.
Hän oli utelias näkemään, mitä näille ajatuksille tapahtuisi.
**Le changement de sa voix était probablement dû à un
rhume.**

Äänen muutos johtui luultavasti vain flunssasta.
Le rhume est un risque professionnel courant pour les voyageurs.
Vilustuminen on vain työperäinen vaara matkailijoille.
Il ne doutait pas que c'était l'explication logique.
Hän ei epäillyt hetkeäkään, etteikö se olisi looginen selitys.
Il s'est facilement dégagé de la couverture.
Peiton saaminen pois päältään onnistui helposti.
Il lui suffisait d'inspirer et de se gonfler.
Hänen tarvitsi vain hengittää sisään ja puhaltaa ilmaa ilmaan.
La couverture glissa de son corps et tomba sur le sol.
Peitto valui hänen vartaloltaan lattialle.
Son corps incroyablement large rendait d'autres choses difficiles.
Hänen uskomattoman leveä vartalonsa teki muista asioista vaikeita.
Il aurait eu besoin de bras et de mains pour se tenir debout.
Hän olisi tarvinnut käsivarsia ja käsivarsia noustakseen ylös.
Mais il n'avait plus les membres qu'il avait autrefois.
Mutta hänellä ei ollut enää niitä raajoja, jotka hänellä ennen oli.
Au lieu de bras et de mains, il avait plein de petites jambes.
Käsien ja käsivarsien sijaan hänellä oli paljon pieniä jalkoja.
Et ses jambes bougeaient sans cesse, sans qu'il puisse les contrôler.
Ja hänen jalkansa liikkuivat jatkuvasti, täysin hallitsemattomasti.
Il a essayé de plier une jambe, mais au lieu de cela, elle s'est étirée.
Hän yritti koukistaa toista jalkaa, mutta se venyikin.
Il parvint finalement à contrôler une jambe.
Lopulta hän sai toisen jalan hallintaansa.
Mais ensuite, le mouvement des autres pattes a été libéré.
Mutta sitten muiden jalkojen liike vapautui.
Et toutes ses jambes frémissaient d'excitation extrême.
Ja kaikki hänen jalkansa nytkähtivät äärimmäisestä jännityksestä.

Il a d'abord voulu sortir le bas de son corps du lit.
Ensin hän halusi saada alavartalonsa pois sängystä.
Mais il n'avait pas encore vu le bas de son corps.
Mutta hän ei ollut itse asiassa vielä nähnyt alavartaloaan.
Et de toute façon, déplacer cette pièce s'est avéré trop difficile.
Ja tämän osan siirtäminen osoittautui joka tapauksessa liian vaikeaksi.
Finalemôt, de toutes ses forces, il fit un geste audacieux.
Lopulta hän teki kaiken voimansa turvin yhden villin liikkeen.
Sans plus hésiter, il s'avança.
Epäröimättä enempää hän astui eteenpäin.
Mais il avait choisi la mauvaise direction.
Mutta hän oli valinnut väärän suunnan liikkuakseen.
Il s'est violemment cogné le corps contre le montant inférieur du lit.
Hän löi ruumistaan rajusti sängyn alempaa pylvästä vasten.
La douleur brûlante qu'il ressentait lui a appris une précieuse leçon.
Polttava kipu, jota hän tunsi, opetti hänelle arvokkaan läksyn.
La partie inférieure de son corps était peut-être plus sensible.
Hänen alavartalonsa oli ehkä herkempi.
Il a donc commencé par sortir le haut de son corps du lit.
Niinpä hän yritti ensin saada ylävartalonsa ylös sängystä.
Il tourna prudemment la tête dans la bonne direction.
Hän käänsi varovasti päätään oikeaan suuntaan.
Et bientôt, sa tête se retrouva face au bord du lit.
Ja pian hänen päänsä oli sängyn reunaa vasten.
Ce mouvement prudent lui était en réalité facile.
Tämä varovainen liike oli hänelle itse asiassa helppo.
Et sa largeur et son poids ne l'empêchaient pas de se déplacer.
Eivätkä hänen leveytensä ja painonsa estäneet hänen liikettään.
La masse de son corps suivit lentement le mouvement de sa tête.

Hänen ruumiinsa massa seurasi hitaasti pään käännöstä.

Mais ensuite, il a passé la tête au-dessus du bord du lit.

Mutta sitten hän nosti päänsä sängyn reunan yli.

Et il dut faire face à une nouvelle peur à laquelle il n'avait pas encore pensé.

Ja hän kohtasi uuden pelon, jota hän ei ollut aiemmin ajatellut.

Poursuivre dans cette voie pourrait s'avérer dangereux.

Tällä tavalla pidemmälle eteneminen voisi olla vaarallista.

Il pensait qu'il allait simplement se laisser tomber.

Hän oli luullut vain antavansa itsensä pudota.

Mais ce serait un miracle s'il ne s'était pas blessé à la tête.

Mutta olisi ihme, jos hän ei loukkaisi päätään.

Ce n'était pas le moment de risquer de perdre connaissance.

Nyt ei ollut aika ottaa riskiä tajunnan menettämisestä.

Finalement, il vaudrait peut-être mieux rester au lit.

Ehkä olisi sittenkin parempi jäädä sänkyyn.

Mais il devait ensuite faire le même effort pour revenir.

Mutta sitten hänen täytyi nähdä sama vaiva päästäkseen takaisin.

Après tous ces efforts, il était allongé là, exactement comme avant.

Kaiken tuon vaivannäön jälkeen hän makasi siinä aivan kuten ennenkin.

Et maintenant, ses jambes semblaient encore plus en colère qu'elles ne l'avaient été.

Ja nyt hänen jalkansa tuntuivat vieläkin kipeämmiltä kuin ennen.

Les mouvements de sa jambe étaient devenus encore plus incontrôlables.

Hänen jalkojensa liikkeet olivat muuttuneet entistä hallitsemattomammiksi.

Il ne voyait aucun moyen de sortir de la situation dans laquelle il se trouvait.

Hän ei nähnyt mitään keinoa päästä pois tilanteesta, jossa hän oli.

Il était impossible de faire émerger la paix et l'ordre de ce chaos.

Rauhaa ja järjestystä ei saatu aikaan tästä kaaoksesta.
Mais il savait que rester au lit n'était pas une option non plus.
Mutta hän tiesi, ettei sängyssä makaaminen ollut vaihtoehto.
Tout sacrifier était l'option la plus sensée.
Kaiken uhraaminen oli järkevin vaihtoehto.
Il s'accrochait au moindre espoir de pouvoir se lever.
Hän piti yllä pienintäkään toivoa päästä sängystä ylös.
S'il y parvenait, tous les risques en auraient valu la peine.
Jos hän olisi onnistunut tässä, kaikki riski olisi ollut sen arvoista.
Mais il se souvenait aussi d'autre chose en même temps.
Mutta samaan aikaan hän muisti myös jotain muuta.
« Mieux vaut réfléchir sereinement que de prendre des décisions désespérées. »
"Parempia kuin epätoivoiset päätökset ovat rauhalliset pohdinnat."
Il concentra tous ses efforts sur la fenêtre.
Kaikin voimin hän keskitti katseensa ikkunaan.
Mais ce qu'il vit ne lui insuffla guère de confiance ni de joie.
Mutta näkemänsä ei tuonut juurikaan itseluottamusta ja iloa.
La brume matinale enveloppait toute la rue étroite.
Aamu-usva peitti koko kapean kadun.
Le réveil sonna à nouveau ; il était maintenant sept heures.
Herätyskello soi taas; nyt kello oli seitsemän.
« Il est déjà sept heures et il y a encore un épais brouillard. »
"Kello on jo seitsemän ja on edelleen niin sumuista."
Il resta un moment allongé, immobile, respirant faiblement.
Hän makasi hetken hiljaa, hengittäen vain heikosti.
Un peu de calme permettrait peut-être de retrouver une certaine normalité.
Ehkäpä hiljaisuus toisi jonkinlaista normaaliutta.
Un silence complet pourrait engendrer les conditions réelles.
Täydellinen hiljaisuus voisi johtaa todellisiin olosuhteisiin.
Mais avant que l'horloge ne sonne à nouveau, il rompit le silence.
Mutta ennen kuin kello löi uudelleen, hän rikkoi hiljaisuuden.

«Avant que l'horloge ne sonne à nouveau, je dois être levé.»
"Ennen kuin kello lyö uudelleen, minun on päästävä sängystä."
« Je dois absolument être complètement levé à ce moment-là. »
"Minun täytyy ehdottomasti olla kokonaan poissa sängystä siihen mennessä."
« Après 19h15, le bureau enverra quelqu'un. »
"Varttia kahdeksan jälkeen toimisto lähettää jonkun."
"Parce que le bureau ouvrait avant sept heures."
"Koska toimisto avattiin ennen seitsemää."
Et il commença alors à se balancer hors du lit.
Ja nyt hän alkoi keinutella vartaloaan ylös sängystä.
Il avait cessé de se concentrer sur le haut ou le bas de son corps.
Hän oli lakannut keskittymästä ylä- tai alavartaloonsa.
Il fallut sortir tout son corps du lit.
Koko hänen ruumiinsa pituus oli irrotettava sängystä.
Tomber de cette façon devrait protéger sa tête, pensa-t-il.
Tällä tavalla kaatumisen pitäisi suojata hänen päätään, hän ajatteli.
Il avait prévu de relever la tête lorsqu'il toucherait le sol.
Hän oli suunnitellut nostavansa päätään maahan osuessaan.
Son dos semblait suffisamment robuste pour encaisser le choc.
Hänen selkänsä tuntui tarpeeksi kovalta iskulle.
Et le tapis était là pour amortir l'atterrissage.
Ja matto oli siellä pehmentämässä laskeutumista.
Ce qui le préoccupait le plus, cependant, c'était le bruit assourdissant.
Hänen suurin huolenaiheensa oli kuitenkin kova melu.
Le bruit fracassant effrayerait tous les occupants de la maison.
Räjähdyksen ääni pelottaisi kaikki talossa olevat.
Peut-être que le bruit fort ne les terrifierait pas.
Ehkä he eivät pelästyisi kovaa melua.
Mais ils seraient certainement inquiets s'ils l'apprenaient.

Mutta he varmasti huolestuisivat, jos kuulisivat.
Mais il fallait prendre le risque d'attirer l'attention.
Mutta huomion herättämisen riski oli otettava.
La nouvelle méthode s'apparentait davantage à un jeu qu'à un effort.
Uusi menetelmä oli enemmänkin peli kuin ponnistus.
Il devait balancer son corps par mouvements brusques et saccadés.
Hänen täytyi keinutella vartaloaan äkillisillä ja nykivillä liikkeillä.
Gregor était déjà à moitié sorti du lit.
Gregor oli jo puoliksi noussut sängystä.
Une nouvelle idée venait de lui traverser l'esprit.
Nyt hänelle juolahti mieleen uusi ajatus.
« Tout serait si facile si quelqu'un venait à mon secours. »
"Kaikki olisi niin helppoa, jos joku tulisi avukseni."
« Deux personnes fortes suffiraient amplement. »
"Kaksi vahvaa ihmistä riittäisi täysin."
Son père et la servante seraient assez forts.
Hänen isänsä ja palvelijatar olisivat tarpeeksi vahvoja.
Il leur suffirait de glisser leurs bras sous son dos.
Heidän täytyisi vain liu'uttaa kätensä hänen selkänsä alle.
Et ensuite, ils pourraient facilement le sortir du lit.
Ja sitten he voisivat helposti repiä hänet sängystä.
Peut-être auraient-ils dû réduire son poids progressivement.
Ehkä heidän olisi pitänyt hitaasti pudottaa hänen painoaan.
Alors, espérons-le, les jambes auraient trouvé leur utilité.
Toivottavasti jalat olisivat sitten löytäneet tarkoituksensa.
« Ne serait-il pas préférable, après tout, de demander de l'aide ? »
"Eikö olisi sittenkin parempi huutaa apua?"
Le problème, bien sûr, c'est qu'il avait verrouillé les portes.
Ongelmana oli tietenkin se, että hän oli lukinnut ovet.
Il y avait quelque chose dans cette idée qui le chatouillait.
Ajatuksessa oli jotakin, mikä kutitti häntä.
Et malgré ses difficultés, il ne put réprimer un sourire.

Ja vaikeuksistaan huolimatta hän ei pystynyt pidättelemään hymyä.

Il était déjà sur le point de perdre l'équilibre.

Hän oli jo lähellä tasapainonsa menettämistä.

Chaque balancement le rapprochait un peu plus du moment où il basculerait du lit.

Jokainen keinu toi hänet lähemmäksi sängystä kaatumista.

Il allait bientôt devoir prendre la décision finale.

Pian hänen oli tehtävä lopullinen päätös.

Dans cinq minutes, il serait sept heures et quart.

Viiden minuutin kuluttua kello olisi varttia yli seitsemän.

Tandis qu'il était plongé dans ces pensées, la sonnette retentit.

Hänen miettiessään näitä ajatuksia ovikello soi.

« C'est quelqu'un du bureau », se dit-il.

"Tuo on joku toimistolta", hän sanoi itsekseen.

Et il fut presque paralysé de peur à cause du visiteur.

Ja hän melkein jähmettyi pelosta vierailijan vuoksi.

Ses jambes s'agitaient encore plus sauvagement qu'auparavant.

Hänen jalkansa tanssivat entistäkin villimmin.

Mais ensuite, pendant un instant, tout resta silencieux.

Mutta sitten, hetken, kaikki pysyi hiljaisena.

« Ils n'ouvriront pas la porte », se dit Gregor.

"He eivät avaa ovea", Gregor sanoi itsekseen.

Il était encore prisonnier d'un espoir insensé.

Hän oli yhä jonkin järjettömän toivon vallassa.

Mais ensuite, bien sûr, la bonne s'est dirigée vers la porte.

Mutta sitten, tietenkin, palvelija käveli ovelle.

Et, comme toujours, elle ouvrit la porte au visiteur.

Ja kuten aina, hän avasi oven vieraalle.

Gregor n'avait besoin d'entendre que les premiers mots de bienvenue du visiteur.

Gregorin tarvitsi vain kuulla vieraan ensimmäinen tervehdys.

Il a tout de suite compris qui était venu le chercher.

Hän tiesi heti, kuka oli tullut hakemaan häntä.

Le chef de bureau en personne était venu prendre des nouvelles de Samsa.

Pääkirjuri oli itse tullut tarkistamaan Samsan vointia.

Pourquoi Gregor était-il le seul à être condamné à un tel sort ?

Miksi Gregor oli ainoa, joka oli tuomittu tähän kohtaloon?

Pourquoi lui seul a-t-il dû servir dans une telle organisation ?

Miksi vain hänen täytyi palvella tuollaisessa organisaatiossa?

Le moindre oubli éveillait immédiatement les soupçons.

Pieninkin huolimattomuus herätti heti epäilyksiä.

Tous les employés qui travaillaient là-bas étaient-ils des scélérats ?

Olivatko kaikki siellä työskennelleet lurjuksia?

N'y avait-il donc parmi eux aucune personne fidèle et dévouée ?

Eikö heidän joukossaan ollut ketään uskollista ja omistautunutta?

N'auraient-ils pas pu simplement envoyer un apprenti ?

Eivätkö he olisi voineet vain lähettää oppipoikaa?

Toutes ces interrogations étaient-elles vraiment nécessaires ?

Oliko tämä kyseenalaistaminen edes ollenkaan tarpeellista?

Le représentant autorisé devait-il se déplacer en personne ?

Pitikö valtuutetun edustajan tulla itse paikalle?

Fallait-il vraiment informer toute la famille innocente ?

Pitikö koko viattoman perheen saada tieto?

Toutes ces considérations ont poussé Gregor à agir.

Kaikki nämä seikat saivat Gregorin toimimaan.

Il se hissa hors du lit de toutes ses forces.

Hän nousi sängystä kaikin voimin.

Il y a eu une forte détonation, mais ce n'était pas vraiment un bruit.

Kuului kova pamaus, mutta se ei oikeastaan ollut mikään ääni.

La chute avait été légèrement amortie par le tapis.

Matto oli hieman pehmentänyt pudotusta.

Son dos était plus élastique que Gregor ne l'avait imaginé.

Hänen selkänsä oli joustavampi kuin Gregor oli luullut.
Le son était donc plus sourd et moins perceptible.
Joten ääni oli tylsempi eikä niin havaittava.
Mais il n'avait pas fait attention à sa tête pendant sa chute.
Mutta hän ei ollut pitänyt huolta päästään kaatumisen aikana.
Et lorsqu'il a touché le sol, il s'est aussi cogné la tête.
Ja maahan kaatuessaan hän löi myös päänsä.
Il se frotta la tête sur le tapis, en colère et souffrant.
Hän hieroi päätään mattoon vihaisena ja tuskaisena.
Mais le gérant, qui se trouvait dans la pièce d'à côté, a entendu le bruit.
Mutta viereisen huoneen johtaja kuuli äänen.
« Quelque chose est tombé là-dedans », a-t-il observé avec justesse.
"Jokin putosi sinne", hän totesi aivan oikein.
Gregor essaya d'imaginer le manager dans sa situation.
Gregor yritti kuvitella johtajaa hänen asemassaan.
« La même chose pourrait-elle lui arriver ? » se demanda-t-il.
"Voisiko hänelle tapahtua sama?" hän mietti.
Il a admis que cet étrange événement pouvait être possible.
Hän hyväksyi, että tämä outo tapahtuma voisi olla mahdollinen.
Puis le chef de bureau fit quelques pas vers la pièce.
Ja sitten virkailija otti muutaman askeleen huoneeseen.
C'était presque une réponse grossière à la question qu'il avait posée.
Se oli lähes tyly vastaus hänen esittämäänsä kysymykseen.
Ses bottes en cuir grinçaient lorsqu'il s'approcha de la porte.
Hänen nahkasaappaansa narisivat hänen lähestyessään ovea.
Depuis la pièce située à sa droite, sa servante lui chuchota quelque chose.
Hänen palvelijattarensa kuiskasi hänelle oikealla puolellaan olevasta huoneesta.
"Gregor, le représentant autorisé est ici."
"Gregor, valtuutettu edustaja on täällä."
« Je sais », dit Gregor, mais seulement à voix basse pour lui-même.

"Tiedän", Gregor sanoi, mutta vain hiljaa itsekseen.
Il n'osait pas élever la voix au-dessus d'un murmure.
Hän ei uskaltanut korottaa ääntään kuiskauksen yläpuolelle.
Parce que Gregor ne voulait pas que sa sœur l'entende.
Koska Gregor ei halunnut sisarensa kuulevan häntä.
« Gregor », dit le père depuis la pièce de gauche.
– Gregor, sanoi isä vasemmalla olevasta huoneesta.
«Le responsable est venu vérifier quel est le problème.»
"Johtaja tuli tarkistamaan, mikä hätänä on."
« Il vous a demandé pourquoi vous n'aviez pas pris le premier train. »
"Hän kysyi, miksi et lähtenyt aikaisella junalla."
« Nous ne savons pas quoi lui dire », a déclaré le père.
"Emme tiedä, mitä sanoisimme hänelle", isä sanoi.
« D'ailleurs, il souhaite également vous parler personnellement. »
"Muuten, hän haluaa myös puhua kanssasi henkilökohtaisesti."
« Veuillez ouvrir la porte, afin qu'il puisse vous parler. »
"Avaa ovi, jotta hän voi puhua kanssasi."
« Il aura la gentillesse d'excuser le désordre dans la chambre. »
"Hän on kyllä niin ystävällinen, että antaa anteeksi sotku huoneessa."
« Bonjour, Monsieur Samsa », lui lança le directeur.
"Hyvää huomenta, herra Samsa", johtaja huusi hänelle.
Et il lui a certainement parlé de manière amicale.
Ja hän todellakin puhui hänelle ystävällisesti.
« Il ne se sent pas bien », dit la mère au gérant.
"Hän ei voi hyvin", äiti sanoi johtajalle.
« Il ne va pas bien du tout, croyez-moi, cher manager. »
"Hän ei voi ollenkaan hyvin, uskokaa minua, rakas johtaja."
« Sinon, pourquoi Gregor aurait-il raté le train du matin ? »
"Miksi muuten Gregor olisi myöhästynyt aamujunasta?"
«Le garçon ne pense qu'à ses affaires.»
"Pojalla ei ole mitään muuta mielessään kuin työ."
« Cela m'agace presque qu'il ne fasse rien d'autre. »

"Minua melkein ärsyttää, ettei hän tee mitään muuta."
« J'aimerais qu'il sorte le soir pour prendre l'air. »
"Toivon, että hän menisi iltaisin ulos raittiiseen ilmaan."
« Il était en ville pendant huit jours pour affaires. »
"Hän oli kaupungissa kahdeksan päivää työasioissa."
« Mais il était chez lui tous les soirs. »
"Mutta sitten hän oli kotona joka noina iltoina"
«Il s'assoit à notre table et lit le journal.»
"Hän istuu pöydässämme ja lukee lehteä."
« À d'autres moments, il étudie les horaires des trains. »
"Muina aikoina hän tutkii junien aikatauluja."
«Il lui arrive de s'occuper en faisant de la menuiserie.»
"Joskus hän kyllä pitää itsensä kiireisenä puusepäntöillä."
« Par exemple, il a sculpté un petit cadre photo en bois. »
"Esimerkiksi hän veisti pienen puisen valokuvakehyksen."
« Pendant deux ou trois soirées, il était occupé avec la scie. »
"Hän oli sahan kanssa kiireinen kahden tai kolmen illan ajan."
«Vous serez étonné(e) de voir à quel point le cadre photo est joli.»
"Tulet hämmästymään, kuinka kaunis tuo taulunkehys on."
«Il a accroché le cadre photo dans sa chambre.»
"Hän on ripustanut taulunkehyksen huoneeseensa."
« Quand il ouvrira la porte, vous verrez ses boiseries. »
"Kun hän avaa oven, näet hänen puutyönsä."
« Au fait, je suis ravi que vous soyez ici, Monsieur Prokurist. »
"Muuten, olen iloinen, että olette täällä, herra Prokurist."
« Nous n'aurions pas pu, à nous seuls, forcer Gregor à ouvrir la porte. »
"Me emme yksin olisi voineet saada Gregoria avaamaan ovea."
« Il est tellement têtu », a avoué sa mère au vendeur.
"Hän on niin itsepäinen", hänen äitinsä tunnusti virkailijalle.
« Il est certainement malade, même s'il l'a nié auparavant. »
"Hän on varmasti sairas, vaikka hän on sen aiemmin kiistänytkin."
« J'arrive tout de suite », dit Gregor lentement et prudemment.

– Tulen heti, Gregor sanoi hitaasti ja varovasti.
Mais il ne fit aucun mouvement vers la porte de la pièce.
Mutta hän ei liikkunut huoneen ovea kohti.
Il ne voulait pas perdre un seul mot de la conversation.
Hän ei halunnut menettää keskustelusta sanaakaan.
Le chef de bureau a approuvé l'évaluation de la mère.
Ylitarkastaja oli äidin arvion kanssa samaa mieltä.
« Je ne peux pas l'expliquer autrement non plus, madame. »
"En minäkään osaa selittää sitä muuten, rouva."
« Espérons tous qu'il ne souffre d'aucune maladie grave », a-t-il déclaré.
"Toivotaan kaikki, ettei hänellä ole vakavaa sairautta", hän sanoi.
« D'un autre côté, c'est un risque pour notre secteur. »
"Toisaalta se on vaaratekijä alallamme."
« Nous, les hommes d'affaires, devons souvent surmonter un certain malaise. »
"Meidän liikemiesten on usein voitettava epämukavuutta."
« Les professionnels doivent simplement faire abstraction des petites douleurs. »
"Ammattilaisten täytyy vain kestää pieniä vaikeuksia."
Pendant ce temps, son père frappa de nouveau à l'autre porte.
Samaan aikaan hänen isänsä koputti taas toiseen oveen.
« Le chef de bureau peut-il entrer maintenant ? » demanda-t-il.
"Voiko virkailija tulla nyt sisään?" hän halusi tietää.
« Non, il ne peut pas », répondit Gregor à la question de son père.
– Ei, hän ei voi, vastasi Gregor isänsä kysymykseen.
Un silence gênant s'installa dans la pièce de gauche.
Vasemmalla puolella olevaan huoneeseen laskeutui kiusallinen hiljaisuus.
Dans la pièce de droite, la sœur se mit à sangloter.
Oikeanpuoleisessa huoneessa sisar alkoi nyyhkyttää.
Pourquoi la sœur n'était-elle pas partie rejoindre les autres ?
Miksi sisar ei ollut mennyt muiden luo?

Elle venait probablement de se lever, pensa-t-il.
Hän oli luultavasti juuri noussut sängystä, hän ajatteli.
Elle n'a peut-être même pas encore commencé à s'habiller.
Hän ei ehkä ollut edes alkanut pukea vielä.
Mais Gregor ne comprenait pas pourquoi elle pleurait.
Mutta Gregor ei ymmärtänyt, miksi hän itki.
Était-ce parce qu'il ne s'était pas levé pour laisser entrer le directeur ?
Johtuiko se siitä, ettei hän noussut ylös ja päästänyt johtajaa sisään?
Était-ce parce qu'il risquait de perdre son emploi ?
Johtuiko se siitä, että hän oli vaarassa menettää työpaikkansa?
Le patron pourrait-il s'en prendre aux parents comme avant ?
Voisiko pomo tulla vanhempien kimppuun kuten ennenkin?
Allait-il leur formuler à nouveau les mêmes exigences qu'auparavant ?
Aikoiko hän esittää heille taas vanhat vaatimuksensa?
Il n'y avait probablement pas lieu de s'inquiéter de ces choses-là.
Näistä asioista ei luultavasti olisi tarvinnut olla huolissaan.
Pour le moment, elle n'avait aucune raison de pleurer.
Sillä hetkellä hänellä ei ollut mitään syytä itkeä.
Gregor était toujours là, subvenant aux besoins de sa famille.
Gregor oli yhä täällä elättämässä perhettään.
Et il n'a jamais eu l'intention de quitter sa famille.
Eikä hänellä ollut koskaan aikomustakaan jättää perhettä.
Pour le moment, il restait simplement allongé là, sur le tapis.
Toistaiseksi hän vain makasi matolla.
La famille ignorait son état.
Perhe ei tiennyt, missä kunnossa hän oli.
S'ils avaient su, ils n'auraient pas encouragé son patron.
Jos he olisivat tienneet, he eivät olisi kannustaneet hänen pomoaan.
Ils n'auraient même pas laissé entrer le gérant.
He eivät olisi edes päästäneet johtajaa sisälle taloon.
Le refouler n'aurait pas été particulièrement impoli.

Hänen käännyttäminen pois ei olisi ollut erityisen töykeää.
Il aurait facilement pu trouver une excuse convenable plus tard.
Hän olisi helposti voinut keksiä sopivan tekosyyn myöhemmin.
Ce n'était pas un motif de licenciement.
Se ei ollut asia, josta hänet olisi voitu potkia.
Gregor pensait qu'il serait plus judicieux de le laisser tranquille désormais.
Gregorista tuntui järkevämmältä jäädä nyt rauhaan.
Le déranger en pleurant et en parlant n'a pas beaucoup aidé.
Hänen häiritsemisensä itkemällä ja puhumalla ei juurikaan auttanut.
Mais c'était l'incertitude qui inquiétait les autres.
Mutta epävarmuus oli se, mikä muita vaivasi.
Et c'est cette incertitude qui a excusé leur comportement.
Ja juuri tämä epävarmuus puolusteli heidän käytöstään.
« Monsieur Samsa », appela le directeur d'une voix forte.
– Herra Samsa, johtaja huusi korotetulla äänellä.
« Qu'est-ce qui se passe avec toi ? » a-t-il voulu savoir.
"Mikä sinulle kuuluu?" hän halusi tietää.
« Tu t'es barricadé dans ta chambre. »
"Olet barrikadoinut itsesi huoneeseesi."
«Vous ne pouvez répondre que par «oui» ou «non».»
"Vastaat vain joko kyllä tai ei."
«Vous causez de sérieux soucis à vos parents.»
"Aiheutat vanhemmillesi todella paljon huolta."
« Je ne vois pas de bonne raison de les inquiéter. »
"En näe mitään hyvää syytä, miksi pitäisit heitä huolestuttaa."
« Il y a une autre chose que je mentionnerai en passant. »
"Mainitsen ohimennen vielä yhden asian."
«Vous négligez également vos obligations professionnelles envers nous.»
"Laimit myös velvollisuutesi meitä kohtaan."
« Une telle irresponsabilité ne vous ressemble pas du tout. »
"Tuollainen vastuuttomuus on täysin luonteesi vastaista."
« Je parle ici au nom de vos parents et de votre patron. »

"Puhun tässä vanhempiesi ja pomosi puolesta."
« Et je vous demande une explication immédiate et claire. »
"Ja pyydän teiltä välitöntä ja selkeää selitystä."
« Je dois dire que tout cela m'étonne vraiment. »
"Tämä koko juttu todella hämmästyttää minua, täytyy sanoa."
« Je pensais vous connaître comme une personne calme et raisonnable. »
"Luulin tuntevani sinut rauhallisena ja järkevänä ihmisenä."
« Mais maintenant, tu nous montres une autre facette de toi. »
"Mutta nyt näytät meille itsestäsi toisen puolen."
«Vous faites soudain preuve de vos caprices très particuliers.»
"Yhtäkkiä alat paljastaa hyvin omituisia oikkujasi."
« Mais il pourrait y avoir une explication à votre échec. »
"Mutta epäonnistumisellesi saattaa olla selitys."
« Le patron a mentionné une dette que vous aviez recouvrée pour nous. »
"Pomo mainitsi velan, jonka olit meille perinyt."
« J'ai donné ma parole d'honneur au patron en votre nom. »
"Annoin pomolle kunniasanani puolestasi."
« Mais maintenant je vois votre obstination incompréhensible. »
"Mutta nyt näen käsittämättömän itsepäisyytesi."
« Je pourrais encore perdre toute envie de vous aider. »
"Saatan silti menettää kaiken haluni auttaa sinua."
«Votre sécurité d'emploi n'est en aucun cas totalement stable.»
"Työsuhteesi turva ei ole missään nimessä täysin vakaa."
« À l'origine, je comptais vous dire tout cela en privé. »
"Aioin alun perin kertoa tämän kaiken sinulle kahden kesken."
« Mais maintenant je vois que vous voulez que je perde mon temps ici. »
"Mutta nyt näen, että haluat minun tuhlaavan aikaani täällä."
«Je ne vois donc aucune raison pour que vos parents ne le sachent pas.»
"Joten en näe mitään syytä, miksi vanhempasi eivät tietäisi."

«Vos récentes performances n'ont pas été satisfaisantes.»
"Viimeaikainen suorituksesi ei ole ollut tyydyttävä."
« Je reconnais que les ventes sont plus lentes à cette période de l'année. »
"Myönnän, että myynti on tähän aikaan vuodesta hitaampaa."
« Mais il n'y a pas de période de l'année où il n'y a pas de ventes. »
"Mutta ei ole vuodenaikaa, jolloin ei olisi myyntiä."
Pendant un instant, Gregor oublia tout ce qui l'entourait.
Hetken Gregor unohti kaiken ympärillään.
« Mais Monsieur Prokurist ! » s'écria Gregor, désespéré.
"Mutta herra Prokurist!" Gregor huudahti epätoivoisena.
« J'ouvre la porte tout de suite, maintenant, ne vous inquiétez pas. »
"Avaan oven heti, ihan kohta, älä huoli."
«Le problème, c'est que je ne me sens pas très bien.»
"Ongelmana on, että minulla on ollut todella huono olo."
« Mes vertiges m'ont empêché d'atteindre la porte. »
"Huimaukseni esti minua pääsemästä ovelle."
« Je suis encore au lit, mais je me sens beaucoup mieux. »
"Makaan vielä sängyssä, mutta voin paljon paremmin."
«Un instant, s'il vous plaît, je viens de me lever.»
"Hetkinen, olkaa hyvä, nousen juuri sängystä."
« Un instant de patience, c'est tout ce que je vous demande, Monsieur Prokurist. »
"Hetken kärsivällisyyttä pyydän vain, herra Prokurist."
« Ça ne se passe pas aussi bien que je le pensais, mais ça ira. »
"Ei se mene niin hyvin kuin luulin, mutta kyllä minä pärjään."
« Comment une telle chose peut-elle arriver à une personne aussi rapidement ? »
"Miten ihmiselle voi tapahtua jotain noin nopeasti?"
« Je me sentais bien hier soir, mes parents le savent. »
"Voin hyvin eilen illalla, vanhempani tietävät sen."
« Mais peut-être avais-je déjà un petit pressentiment à ce moment-là. »
"Mutta ehkä minulla oli jo silloin pieni aavistus."

«Vous pourriez vous demander pourquoi je ne l'ai pas signalé au bureau.»
"Saatat kysyä, miksi en ilmoittanut siitä toimistolle."
« Je pensais que je me sentirais beaucoup mieux demain matin. »
"Luulin, että aamulla olisi taas paljon parempi olo."
« On pense toujours qu'ils auront vaincu la maladie d'ici là. »
"Aina ajatellaan, että tauti on siihen mennessä selätetty."
« Mais je vous en prie ! Épargnez mes parents de ces accusations ! »
"Mutta olkaa hyvä! Säästäkää vanhempani näiltä syytöksiltä!"
« On ne m'a pas dit un mot de ce que vous m'avez dit. »
"Minulle ei ole kerrottu sanaakaan siitä, mitä sinä minulle kerroit."
« Il se peut que vous n'ayez pas lu les dernières commandes que j'ai envoyées. »
"Et ehkä ole lukenut viimeisimpiä lähettämiäni määräyksiä."
« Au fait, vous n'avez pas à vous inquiéter pour moi aujourd'hui. »
"Muuten, sinun ei tarvitse huolehtia minusta tänään."
«Je vais quand même prendre le train de huit heures.»
"Aion silti mennä kahdeksan junalla."
« Ces quelques heures de repos m'ont suffisamment revigoré. »
"Muutamat lepotunnit ovat vahvistaneet minua tarpeeksi."
« Vous n'avez vraiment pas besoin d'attendre, manager. »
"Teidän ei todellakaan tarvitse odottaa, johtaja."
« Moi aussi, je serai bientôt au bureau. »
"Minäkin olen pian itse toimistolla."
« Et s'il vous plaît, ayez la gentillesse de dire un mot en ma faveur. »
"Ja olkaa niin ystävällisiä ja sanokaa hyvät sanat puolestani."
Gregor avait donné son explication assez précipitamment.
Gregor oli esittänyt selityksensä melko hätäisesti.
Il ne savait pas vraiment ce qu'il essayait de dire.
Hän tuskin tiesi, mitä hän oikeastaan yritti sanoa.

Il s'est approché de la boîte et a essayé de s'en servir pour se lever.
Hän meni laatikon luo ja yritti nousta sitä käyttäen ylös.
Il avait vraiment l'intention d'ouvrir la porte.
Hänellä oli todellakin täysi aikomus avata ovi.
Il souhaitait être reçu par le représentant autorisé.
Hän halusi tulla valtuutetun edustajan nähdyksi.
Et il voulait régler le problème avec lui personnellement.
Ja hän halusi ratkaista ongelman hänen kanssaan henkilökohtaisesti.
Il était impatient de savoir comment les autres réagiraient à son égard.
Hän oli innokas tietämään, miten muut reagoisivat häneen.
Ils doivent maintenant être impatients de savoir comment il va.
Heidän täytyy nyt myös olla innokkaita näkemään, miten hän voi.
Il y avait deux façons possibles dont ils pouvaient réagir face à lui.
Heillä oli kaksi mahdollista tapaa reagoida häneen.
Une possibilité était qu'ils aient peur.
Yksi mahdollisuus oli, että he pelästyisivät.
S'ils avaient peur, alors il n'en était pas responsable.
Jos he olivat peloissaan, hänellä ei ollut vastuuta.
Et alors, il n'aurait plus à s'inquiéter de la situation.
Eikä hänen sitten tarvitsisi huolehtia tilanteesta.
Mais il y avait aussi une autre possibilité à envisager.
Mutta oli myös toinen mahdollisuus, jota voisi miettiä.
Peut-être accepteraient-ils sereinement sa personnalité.
Ehkä he tyynesti hyväksyisivät hänet sellaisena kuin hän on.
Gregor n'aurait alors aucune raison de se fâcher non plus.
Silloin Gregorillakaan ei olisi mitään syytä suuttua.
Il y aurait encore assez de temps pour prendre le train.
Aikaa junaan olisi vielä riittävästi.
Cependant, se tenir debout n'était pas une tâche facile.
Pysyminen pystyssä ei kuitenkaan ollut mitenkään helppo tehtävä.

Lors de ses premières tentatives, il a glissé hors de la boîte.
Muutamalla ensimmäisellä yrityksellä hän lipsahti laatikolta.
La boîte était trop lisse pour qu'il puisse s'y appuyer.
Laatikko oli liian sileä, jotta hän olisi pysynyt sitä vasten.
Et finalement, il se donna un dernier effort pour se relever.
Ja lopulta hän antoi itselleen viimeisen ponnistuksen nousta
seisomaan.
**Il ne prêta plus attention à la douleur qu'il ressentait à
l'abdomen.**
Hän ei enää kiinnittänyt huomiota vatsakipuunsa.
Peu importe l'intensité de la douleur, il la surmonterait.
Olipa tuska kuinka suuri tahansa, hän selviäisi siitä.
Il se laissa tomber contre le dossier d'une chaise voisine.
Hän antoi itsensä kaatua lähellä olevan tuolin selkänojaa
vasten.
Et il s'accrochait aux bords avec ses petites jambes.
Ja hän piti kiinni reunoista pienillä jaloillaan.
À ce stade, il avait repris le contrôle de lui-même.
Tässä vaiheessa hän oli saanut itsehillinnän paremmin.
Et sa chute fut plus silencieuse que la précédente.
Ja hänen putoamisensa oli edellistä hiljaisempi.
Parce qu'il devait écouter ce que disait le manager.
Koska hänen oli pakko kuunnella, mitä johtaja sanoi.
**« Avez-vous compris quelque chose à tout cela ? » demanda-
t-il aux parents.**
"Ymmärsitkö tästä mitään?" hän kysyi vanhemmilta.
« Il ne se moquerait pas de nous, n'est-ce pas ? »
"Eihän hän tekisi meistä pilkkaa, vai mitä?"
« Pour l'amour de Dieu ! » s'écria la mère, déjà en larmes.
"Jumalan tähden", äiti huusi jo itkien.
« Il est peut-être gravement malade et nous le tourmentons. »
"Hän saattaa olla vakavasti sairas ja me kidutamme häntä."
« Grete ! Grete ! » cria-t-elle à sa fille.
"Grete! Grete!" hän huusi tyttärelleen.
« Maman ? » appela la sœur de l'autre côté.
"Äiti?" sisko huusi toiselta puolelta.

Ils ont ensuite communiqué par l'intermédiaire de la chambre de Gregor.

Sitten he kommunikoivat Gregorin huoneen kautta.

« Gregor est très malade et il a besoin de médicaments. »

"Gregor on hyvin sairas ja hän tarvitsee lääkkeitä."

«Vous devrez aller chez le médecin immédiatement.»

"Sinun täytyy mennä lääkäriin heti."

« Tu as entendu comment Gregor parlait tout à l'heure ? »

"Kuulitko, miten Gregor juuri puhui?"

« C'était la voix d'un animal », a déclaré le gérant.

"Se oli eläimen ääni", sanoi johtaja.

Ses paroles étaient douces comparées aux cris de la mère.

Hänen sanansa olivat hiljaisia verrattuna äidin huutoihin.

« Anna ! Anna ! » appela le père depuis l'antichambre.

"Anna! Anna!" isä huusi eteisestä.

Et il a claqué des mains pour attirer leur attention.

Ja hän taputti käsiään saadakseen heidän huomionsa.

« Appelez immédiatement un serrurier ! » ordonna-t-il à la bonne.

"Hae lukkoseppä heti!" hän käski piikaa.

Les filles, en jupes, traversèrent l'antichambre en courant.

Tytöt juoksivat hameissaan eteisen läpi.

Et leurs jupes bruissaient lorsqu'elles passèrent en courant devant sa chambre.

Ja heidän hameensa kahisivat heidän juostessaan hänen huoneensa ohi.

« Comment sa sœur a-t-elle fait pour s'habiller si vite ? » se demanda-t-il.

"Miten sisko pukeutui niin nopeasti?" hän ajatteli.

La porte a été arrachée, mais elle n'a pas été claquée.

Ovi revittiin auki, mutta sitä ei paiskautettu kiinni.

C'est fréquent dans les maisons où survient un grand malheur.

Tämä on yleistä kodeissa, joissa tapahtuu suuri onnettomuus.

Mais tout cela avait considérablement apaisé Gregor.

Mutta kaikki tämä oli tehnyt Gregorista paljon rauhallisemman.

Quand il entendait ses propres paroles, elles lui paraissaient claires.

Kun hän kuuli omat sanansa, ne tuntuivat hänelle selkeiltä.

En fait, il estimait que ses paroles avaient été plus claires.

Itse asiassa hänestä tuntui, että hänen sanansa olivat olleet selkeämpiä.

Mais les autres ne comprenaient plus ce qu'il disait.

Mutta muut eivät enää ymmärtäneet, mitä hän sanoi.

Peut-être s'était-il habitué à ses oreilles à ce moment-là.

Ehkä hän oli nyt tottunut korviinsa.

Mais au moins, ils comprenaient maintenant mieux sa situation.

Mutta ainakin he ymmärsivät nyt hänen tilanteensa paremmin.

Ils se sont rendu compte qu'il y avait vraiment quelque chose qui n'allait pas chez lui.

He tajusivat, että hänessä oli todellakin jotain vikaa.

Et ils faisaient maintenant tout leur possible pour l'aider.

Ja nyt he tekivät kaikkensa auttaakseen häntä.

Cela redonna à Gregor un sentiment de confiance qui lui manquait.

Tämä antoi Gregorille itseluottamuksen tunteen, jota häneltä puuttui.

Et il se sentait de nouveau beaucoup plus en sécurité au sein de sa famille.

Ja hän tunsi olonsa taas paljon turvallisemmaksi perheen sisällä.

Il avait le sentiment d'être à nouveau intégré au cercle humain.

Hän tunsi olevansa jälleen osa ihmiskuntaa.

Il ne lui restait plus qu'à espérer que le serrurier puisse ouvrir la porte.

Nyt hänen täytyi toivoa, että lukkoseppä saisi oven auki.

Et il espérait que le médecin serait capable d'accomplir de telles tâches.

Ja hän toivoi, että lääkäri pystyisi suorittamaan sellaisia tehtäviä.

Il allait bientôt devoir reprendre la parole.
Hänen täytyisi pian taas puhua lisää.
Il allait falloir que sa voix soit aussi claire que possible.
Hänen äänensä piti olla mahdollisimman selkeä.
Pour se préparer à la réunion, il s'éclaircit la gorge.
Valmistautuakseen kokoukseen hän selvitti kurkkunsa.
Il s'efforçait toutefois de tousser très discrètement.
Hän kuitenkin yritti parhaansa mukaan yskiä vain hyvin
hiljaa.
Ce bruit pouvait être différent d'une toux humaine.
Ääni on saattanut kuulostaa erilaiselta kuin ihmisen yskä.
**Il savait qu'il ne pouvait plus faire la différence entre de
telles choses.**
Hän tiesi, ettei pystynyt enää erottamaan sellaisia asioita
toisistaan.
Dans la pièce voisine, le silence était total.
Viereisessä huoneessa oli tullut täysin hiljaista.
Les parents étaient probablement assis à table.
Vanhemmat luultavasti istuivat pöydässä.
Ils chuchotaient peut-être avec le gérant.
He ovat ehkä kuiskineet johtajan kanssa.
**Peut-être que tout le monde était appuyé contre la porte et
écoutait.**
Ehkä kaikki nojasivat oveen ja kuuntelivat.
Gregor poussa lentement la chaise vers la porte.
Gregor työnsi tuolia hitaasti ovea kohti.
Il s'appuya contre la porte et se tint droit.
Hän työnsi ovea vasten ja nousi pystyyn.
**Il a découvert que la plante de ses pieds était légèrement
collée.**
Hän sai tietää, että hänen jalkapohjiensa tyynyissä oli hieman
liimaa.
Et il se reposa là un instant, épuisé.
Ja hän lepäsi siinä hetken ponnisteluista.
**Après s'être suffisamment reposé, il s'attela à la tâche
suivante.**
Levättyään tarpeeksi hän aloitti seuraavan tehtävän.

Il commença à tourner la clé dans la serrure avec sa bouche.
Hän alkoi kääntää avainta lukossa suullaan.
Malheureusement, il semblait qu'il n'avait pas de dents.
Valitettavasti näytti siltä, ettei hänellä ollut varsinaisia hampaita.
Mais quel autre moyen avait-il pour s'emparer des clés ?
Mutta millä muulla tavalla hän olisi voinut saada avaimet?
Heureusement pour lui, ses mâchoires étaient bien sûr très fortes.
Onneksi hänen leukansa olivat tietenkin erittäin vahvat.
Grâce à la force de ses mâchoires, il a vraiment réussi à faire bouger la clé.
Leukojensa avulla hän sai avaimen todella liikkeelle.
Il ne doutait pas qu'il se faisait du mal à lui-même également.
Hänellä ei ollut epäilystäkään siitä, etteikö hän itsekin olisi vahingoittanut itseään.
Parce qu'un liquide brunâtre sortait de sa bouche.
Koska hänen suustaan tuli ulos ruskeaa nestettä.
Le liquide brunâtre a coulé sur la clé et le long de la porte.
Ruskea neste valui avaimen yli ja ovea pitkin alas.
Mais Gregor ne se souciait pas de se faire du mal.
Mutta Gregoria ei kiinnostanut, että hän vahingoitti itseään.
« Vous entendez ça ? » demanda le gérant dans la pièce voisine.
"Kuuletteko tuota?" sanoi johtaja viereisestä huoneesta.
« Il tourne la clé », avait remarqué le gérant.
"Hän kääntää avainta", johtaja oli huomannut.
Ces paroles furent un grand encouragement pour Gregor.
Nämä sanat olivat Gregorille suuri rohkaisu.
Mais le père et la mère auraient également dû crier :
Mutta isän ja äidinkin olisi pitänyt huutaa:
« Bien joué, Gregor ! » auraient-ils dû lui crier.
"Hyvä on, Gregor", heidän olisi pitänyt huutaa hänelle.
«Continue, continue de tourner la clé, tu peux le faire.»
"Jatka, käännä avainta, niin pystyt siihen."
Mais Gregor dut plutôt imaginer leur enthousiasme.

Mutta sen sijaan Gregorin täytyi kuvitella heidän jännitystään.
Il serra les mâchoires de toutes ses forces.
Hän puristi leukansa yhteen kaikella voimallaan.
Et il continua à tourner la clé dans la serrure.
Ja hän jatkoi avaimen kääntämistä lukossa.
Son corps se tordit douloureusement en un cercle.
Hänen ruumiinsa pyöri tuskallisesti ympyrää.
Il ne tenait plus debout qu'avec sa bouche.
Hän pysyi nyt pystyssä pelkän suunsa avulla.
Pour continuer à tourner la clé, il appuya contre la porte.
Jatkaakseen avaimen vääntelyä hän painoi ovea vasten.
Finalement, le claquement de la serrure réveilla de nouveau Gregor.
Lopulta lukon napsahdus herätti Gregorin uudelleen.
« Je n'avais donc pas besoin du serrurier », soupira-t-il de soulagement.
"Joten en tarvinnut lukkoseppää", hän huokaisi helpotuksesta.
Il ne lui restait plus qu'à ouvrir la porte qu'il avait déverrouillée.
Nyt hänen tarvitsi vain avata ovi, jonka hän oli lukinnut.
Et, la tête sur la poignée, il ouvrit la porte.
Ja päänsä ovenkahvassa hän avasi oven.
Il se trouvait derrière la porte qui donnait sur sa chambre.
Hän oli oven takana, joka johti hänen huoneeseensa.
La porte était donc déjà ouverte avant même qu'on puisse le voir.
Ovi oli siis jo auki ennen kuin hänet nähtiin.
Il lui fallait ensuite se faufiler autour de la porte elle-même.
Seuraavaksi hänen täytyi liikkua oven ympäri.
Ce mouvement difficile a également nécessité beaucoup d'efforts.
Tämä vaikea liike vaati myös paljon vaivaa.
Il ne voulait pas tomber maladroitement dans la pièce voisine.
Hän ei halunnut pudota kömpelösti viereiseen huoneeseen.
Il n'avait donc pas le temps de prêter attention à quoi que ce soit d'autre.

Niinpä hänellä ei ollut aikaa kiinnittää huomiota mihinkään muuhun.

Mais il entendit alors le chef de bureau s'exclamer bruyamment : « Oh ! »

Mutta sitten hän kuuli pääkirjurin sanovan kovaa: "Voi!"

On aurait dit que le vent soufflait en rafales dans la maison.

Kuulosti siltä kuin tuuli olisi puhaltanut talon läpi.

Il se trouvait être celui qui était le plus proche de la porte.

Hän sattui olemaan se, joka oli lähimpänä ovea.

Et maintenant, en le voyant, il porta sa main à sa bouche.

Ja nyt, nähdessään hänet, hän painoi kätensä hänen suulleen.

Il recula lentement, s'éloignant de Gregor.

Hän liikkui hitaasti taaksepäin, poispäin Gregorista.

Mais c'était comme si une force invisible agissait sur lui.

Mutta oli kuin jokin näkymätön voima olisi vaikuttanut häneen.

La première chose que fit la mère fut de regarder le père.

Ensimmäiseksi äiti katsoi isää.

Malgré la présence du gérant, ses cheveux étaient en désordre.

Päällikön läsnäolosta huolimatta hänen hiuksensa olivat sekaisin.

Elle déplia les bras et fit deux pas en avant.

Hän levitti käsivartensa ja otti kaksi askelta eteenpäin.

Mais elle s'est effondrée au milieu de sa jupe.

Mutta sitten hän lysähti keskelle hamettaan.

Sa robe s'est étalée tout autour d'elle sur le sol.

Hänen mekkonsa levisi lattialle kaikkialle hänen ympärilleen.

Et sa tête disparut sur sa poitrine.

Ja hänen päänsä katosi hänen omille rinnoilleen.

Le père serra le poing avec une expression hostile.

Isä puristi nyrkkinsä vihamielisellä ilmeellä.

Il semblait vouloir que Gregor soit renvoyé dans sa chambre.

Hän näytti haluavan Gregorin työnnettävän takaisin huoneeseensa.

Il jeta ensuite un regard incertain autour du salon.

Sitten hän katseli epävarmasti ympärilleen olohuoneessa.
Et finalement, il se couvrit les yeux entre ses mains.
Ja lopuksi hän peitti silmänsä käsiensä väliin.
Et il pleura amèrement jusqu'à ce que sa poitrine puissante tremble.
Ja hän itki katkerasti, kunnes hänen mahtava rintansa vapisi.
Gregor n'est en réalité pas entré dans leur chambre.
Gregor ei itse asiassa mennyt heidän huoneeseensa ollenkaan.
Au lieu de cela, il s'appuya contre le cadre de la porte.
Sen sijaan hän nojasi ovenkarmia vasten.
Seule la moitié de son corps était visible de l'extérieur.
Ulkopuolisille näkyi vain puolet hänen ruumiistaan.
Et sur son corps reposait sa tête, inclinée sur le côté.
Ja hänen vartalonsa päällä oli hänen päänsä, kallistuneena sivuttain.
La lumière était désormais devenue beaucoup plus vive qu'auparavant.
Nyt valo oli jo paljon kirkkaampi kuin ennen.
On pouvait désormais voir clairement l'autre côté de la rue.
Kadun toinen puoli näkyi nyt selvästi.
Une partie de l'hôpital gris et interminable se dévoila.
Osa loputtomasta, harmaasta sairaalasta paljastui.
La pluie matinale n'avait pas encore complètement cessé de tomber.
Aamuinen sade ei ollut vielä kokonaan lakannut.
Mais maintenant, les gouttes de pluie étaient plus grosses et plus espacées.
Mutta nyt sadepisarat olivat suurempia ja kauempana toisistaan.
Les plats du petit-déjeuner étaient disposés en abondance sur la table.
Aamiaisruokia oli pöydässä yllin kyllin.
Le père considérait le petit-déjeuner comme le repas le plus important.
Isä piti aamiaista tärkeimpänä ateriana.
Le petit-déjeuner était un repas qu'il s'éternisait pendant des heures.

Aamiainen oli ateria, jota hän raahasi tuntikausia.

Et pendant ces heures, il lisait les différents journaux.

Ja näinä aikoina hän luki erilaisia sanomalehtiä.

Juste en face, sur le mur, était accrochée une photo de Gregor.

Vastakkaisella seinällä riippui valokuva Gregorista.

La photographie accrochée au mur le montrait en lieutenant.

Seinällä olevassa valokuvassa hänet oli esitetty luutnanttina.

C'était une photo de l'époque où il était dans l'armée.

Se oli kuva ajalta, jolloin hän oli armeijassa.

Sa main était posée sur son épée, et il arborait un sourire insouciant.

Hänen kätensä oli miekallaan ja hänellä oli huoleton hymy.

Sa posture et son uniforme imposaient un certain respect.

Hänen ryhtinsä ja univormunsa vaativat tiettyä kunnioitusta.

L'autre porte qui menait à l'antichambre était également ouverte.

Toinenkin ovi, joka johti eteiseen, oli auki.

Et la porte de l'appartement était encore ouverte elle aussi.

Ja asunnon ovi oli edelleen auki.

On pouvait voir jusqu'à la cour de l'immeuble.

Asunnon etupihalle asti näkyi.

Puis les escaliers descendaient sur la rue en contrebas.

Ja sitten portaat johtivat alas kadulle.

Gregor était le seul à avoir gardé son sang-froid.

Gregor oli ainoa, joka oli säilyttänyt malttinsa.

Il a constaté cela, la conversation était donc de sa responsabilité.

Hän näki tämän, joten keskustelu oli hänen vastuullaan.

« Bon, je vais m'habiller pour le travail maintenant », dit-il.

"No, minä menen nyt pukemaan vaatteet töihin", hän sanoi.

« Une fois que j'aurai emballé les échantillons de tissu, je partirai. »

"Lähden pakattuani tekstiilinäytteet."

«Vous comptez toujours me tirer dessus, Monsieur Prokurist ?»

"Aiotteko yhä ampua minut tuleen, herra Prokurist?"

« Comme vous pouvez le constater, je ne suis pas aussi têtue que vous le pensiez. »
"Kuten näet, en olekaan niin itsepäinen kuin luulit."
« Et vous pouvez constater que j'aime bien travailler, après tout. »
"Ja näethän, että minä loppujen lopuksi tykkäänkin tehdä töitä."
« Je peux admettre que voyager pour le travail n'est pas facile. »
"Voin myöntää, että työmatkustaminen ei ole helppoa."
« Mais je peux aussi accepter que cela fasse partie de mon travail. »
"Mutta voin myös hyväksyä, että se on osa työtäni."
« Chef de projet, où allez-vous ? Retournez-vous au bureau ? »
"Johtaja, minne olette menossa? Takaisin toimistolle?"
« Allez-vous rapporter fidèlement tout ce que vous avez vu ? »
"Aiotko kertoa totuudenmukaisesti kaiken, mitä olet nähnyt?"
«Il arrive parfois qu'on soit dans l'incapacité d'aller travailler.»
"Joskus käy niin, ettei pysty menemään töihin."
« C'est le moment idéal pour se souvenir des succès passés. »
"Nyt on oikea aika muistella menneitä saavutuksia."
« Une fois la difficulté surmontée, on travaille encore mieux. »
"Vaikeuden poistamisen jälkeen työskentely on vielä parempaa."
« Ma diligence et ma concentration vont augmenter. »
"Ahkeruuteni ja keskittymiskykyni ovat lisääntymässä."
«Vous savez très bien que je suis redevable envers le patron.»
"Tiedät oikein hyvin, että olen kiitollisuudenvelassa pomolle."
« Mais je suis aussi inquiète pour mes parents et ma sœur. »
"Mutta olen myös huolissani vanhemmistani ja siskostani."
« Je suis dans une situation délicate, mais je vais m'en sortir. »

"Olen tiukassa tilanteessa, mutta selviän siitä kaikin keinoin."

« Ne compliquez pas davantage les choses. »

"Älä tee tästä vaikeampaa kuin se jo on."

« En tant que collègues, nous devons aussi nous entraider. »

"Työtovereina meidänkin on autettava toisiamme."

« Je sais que les employés de bureau n'aiment pas les voyageurs. »

"Tiedän, etteivät toimistotyöntekijät pidä matkalaisista."

«Vous croyez qu'on gagne des fortunes et qu'on mène une vie confortable.»

"Luuletko, että me tienaamme omaisuuden ja elämme hyvää elämää?"

« Ils n'ont aucune raison valable de tenir compte de leurs préjugés. »

"Heillä ei ole mitään todellista syytä ottaa huomioon ennakkoluulojaan."

« Mais vous, agent habilité, votre rôle est différent. »

"Mutta teillä, valtuutetulla virkailijalla, on eri rooli."

«Vous avez une meilleure vue d'ensemble que les autres membres du personnel.»

"Sinulla on parempi yleiskuva asioista kuin muulla henkilökunnalla."

« En fait, je pense que vous avez peut-être la meilleure vue d'ensemble. »

"Itse asiassa luulen, että sinulla on ehkä paras yleiskuva."

«Vous avez une meilleure vision d'ensemble que le patron lui-même.»

"Sinulla on parempi yleiskuva asioista kuin pomolla itsellään."

« J'admets que c'est le patron qui fait le travail d'entrepreneur. »

"Myönnän, että pomo tekee yrittäjätyötä."

« Mais il est facile de se tromper dans ses jugements. »

"Mutta hänen tuomionsa voivat helposti johtaa harhaan."

« Et ces petites erreurs de jugement peuvent nous être préjudiciables. »

"Ja nämä pienet virhearvioinnit voivat olla meille haitaksi."

«Vous savez combien il est facile de parler du voyageur.»

"Tiedäthän, kuinka helppoa on puhua matkalaisesta."
« Il n'est pas là pour défendre sa réputation contre les rumeurs. »
"Hän ei ole siellä puolustamassa mainettaan juoruilta."
« Ces accusations peuvent très bien n'être que des coïncidences. »
"Nämä syytökset voivat helposti olla vain sattumaa."
« Nombre de ces plaintes ne reposent même sur aucune vérité. »
"Monet valitukset eivät edes perustu mihinkään totuuteen."
«Il est absent du bureau pendant presque toute l'année.»
"Hän on poissa toimistolta melkein koko vuoden."
«Quelles chances a-t-il de défendre sa propre réputation ?»
"Mitä mahdollisuuksia hänellä on puolustaa omaa mainettaan?"
«Il n'a même pas connaissance des accusations.»
"Hän ei edes kuule syytöksistä."
«Il découvre ce qui a été dit lorsqu'il est trop tard.»
"Hän saa selville, mitä on sanottu, vasta kun on liian myöhäistä."
« À ce stade, il est épuisé par le voyage de la journée. »
"Siihen mennessä hän on uupunut päivän matkasta."
« Il devra de toute façon en subir les terribles conséquences. »
"Hän joutuu joka tapauksessa kokemaan kauheat seuraukset."
« Même s'il n'a aucun moyen de comprendre le problème. »
"Vaikka hän ei mitenkään ymmärrä ongelmaa."
« Oh, manager, ne partez pas sans me dire un mot. »
"Voi johtaja, älä lähde sanomatta minulle sanaakaan."
«Dites-moi au moins que vous êtes d'accord avec moi en partie.»
"Sano ainakin, että olet osittain samaa mieltä kanssani."
Mais le directeur s'était détourné de Gregor bien plus tôt.
Mutta johtaja oli kääntynyt pois Gregorista paljon aiemmin.
Son épaule tressaillit lorsqu'il se retourna vers Gregor.
Hänen olkapäänsä nytkähti, kun hän katsoi takaisin Gregoriin.

Et il n'est pas resté immobile une seule fois pendant tout son discours.

Eikä hän pysähtynyt kertaakaan puheen aikana.

Il se retournait vers Gregor, les lèvres pincées.

Hän oli katsonut Gregoria huulet yhteen puristettuina.

Il reculait progressivement vers la porte.

Hän oli vähitellen vetäytynyt ovea kohti.

Mais il ne pouvait pas non plus détacher son regard de Gregor.

Mutta hän ei voinut irrottaa katsettaan Gregorista.

Il avait l'impression qu'il lui était secrètement interdit de quitter la pièce.

Hänestä tuntui kuin huoneesta poistuminen olisi ollut salaisen kiellon alaisena.

Mais à ce stade, il se trouvait déjà dans le hall d'entrée.

Mutta tässä vaiheessa hän oli jo eteishallissa.

Et soudain, il fit un mouvement vers la sortie.

Ja nyt hän teki äkillisen liikkeen uloskäyntiä kohti.

Il tendit la main droite vers les escaliers.

Hän ojensi oikean kätensä portaita kohti.

Peut-être qu'une force surnaturelle attendait pour le sauver.

Ehkä jokin yliluonnollinen voima odotti pelastaakseen hänet.

Gregor savait qu'il ne pouvait pas le laisser partir comme ça.

Gregor tiesi, ettei hän voinut antaa hänen lähteä tällä tavalla.

Le manager ne doit pas revenir dans le même état d'esprit qu'avant.

Johtaja ei saa palata samassa mielentilassa kuin oli.

La sécurité de l'emploi de Gregor était fortement menacée.

Gregorin työpaikan turvallisuus oli vakavasti uhattuna.

Les parents ne comprenaient pas tout cela.

Vanhemmat eivät voineet täysin ymmärtää kaikkea tätä.

Au fil des ans, ils s'étaient habitués à sa sécurité d'emploi.

Vuosien varrella he olivat tottuneet hänen työsuhteensa turvallisuuteen.

Et ils étaient convaincus qu'il avait ce poste à vie.

Ja he olivat vakuuttuneita siitä, että hänellä oli työ loppuiäkseen.

Au lieu de cela, ils s'étaient préoccupés d'autres soucis.
Sen sijaan heillä oli ollut kiire muiden huolien parissa.
Mais ces préoccupations leur ont fait perdre toute prévoyance.
Mutta nämä huolet johtivat siihen, että he menettivät kaiken kaukonäköisyyden.
Gregor, cependant, n'avait pas perdu la clairvoyance de ses parents.
Gregor ei kuitenkaan ollut menettänyt vanhempiensa kaukonäköisyyttä.
Il a fallu que quelqu'un arrête le représentant autorisé.
Jonkun oli pakko pysäyttää valtuutettu edustaja.
Il allait devoir le calmer et le convaincre.
Hänen täytyisi rauhoitella ja vakuuttaa hänet.
L'avenir de Gregor et de sa famille en dépendait !
Gregorin ja hänen perheensä tulevaisuus riippui siitä!
Si seulement sa sœur intelligente avait été là pour l'aider.
Kunpa älykäs sisko olisi ollut täällä auttamassa.
Elle avait déjà pleuré alors que Gregor était encore dans sa chambre.
Hän oli jo itkenyt, kun Gregor oli vielä huoneessaan.
À ce moment-là, il était simplement allongé tranquillement sur le dos.
Sillä hetkellä hän vain makasi hiljaa selällään.
Elle connaissait déjà l'importance de la situation à ce moment-là.
Hän tiesi jo silloin tilanteen tärkeyden.
Le directeur était connu pour avoir un faible pour les femmes.
Johtajalla oli tunnetusti heikkous naisia kohtaan.
Elle aurait facilement pu le persuader de rester plus longtemps.
Hän olisi helposti voinut suostutella hänet jäämään pidemmäksi aikaa.
Elle aurait fermé la porte et l'aurait fait rentrer.
Hän olisi sulkenut oven ja ohjannut hänet takaisin sisään.

Mais malheureusement, sa sœur était partie chercher un médecin.

Mutta valitettavasti sisar oli mennyt hakemaan lääkäriä.

Gregor n'avait donc pas d'autre choix que de le faire lui-même.

Siksi Gregorilla ei ollut muuta vaihtoehtoa kuin tehdä se itse.

Il n'avait pas réfléchi à quelles étaient réellement ses capacités.

Hän ei ollut ajatellut, mitkä hänen kyvyt todellisuudessa olivat.

Et il avait oublié de se méfier de sa capacité à parler.

Ja hän oli unohtanut luottaa puhekykyynsä.

Mais il a néanmoins quitté la sécurité de sa chambre.

Mutta silti hän poistui huoneensa turvallisesta paikasta.

Et il se faufila par l'ouverture de la pièce.

Ja hän työnsi itsensä huoneen aukosta sisään.

Le directeur était déjà en train de descendre les escaliers.

Johtaja oli jo matkalla alas portaita.

Mais il s'accrochait à la rambarde à deux mains.

Mutta hän piti kaiteista kiinni molemmilla käsillään.

Gregor tomba en se poussant à travers la porte.

Gregor kaatui työntyessään itsensä ovesta sisään.

Il laissa échapper un petit cri en cherchant un appui.

Hän päästi pienen kiljahduksen tarttuessaan tukeen.

Mais au lieu de paniquer, il a ressenti un bien-être physique.

Mutta paniikin sijaan hän tunsi fyysistä hyvinvointia.

Pour la première fois ce matin-là, quelque chose semblait juste.

Ensimmäistä kertaa sinä aamuna jokin tuntui oikealta.

Il avait désormais toutes les jambes bien ancrées au sol.

Kaikilla hänen jaloillaan oli nyt tukeva maa alla.

Il était surpris de constater à quel point il contrôlait bien ses jambes.

Hän oli yllättynyt siitä, kuinka hyvin hän pystyi hallitsemaan jalkojaan.

Il était heureux de constater que ses jambes lui obéissaient parfaitement.

Hän oli iloinen huomatessaan, että hänen jalkansa tottelivat häntä täysin.

En réalité, ses jambes le portaient partout où il le voulait.

Itse asiassa hänen jalkansa kantoivat häntä minne hän halusi.

Bientôt, tous ses chagrins allaient prendre fin.

Pian kaikki hänen surunsa olisivat päättymässä.

Mais au même moment, sa propre mère se leva d'un bond.

Mutta juuri samassa hetkessä hänen oma äitinsä hyppäsi ylös.

Ses bras étaient tendus et ses doigts écartés.

Hänen kätensä olivat ojennettuina ja sormet levällään.

Et elle s'est écriée : « Au secours ! Au nom de Dieu, que quelqu'un m'aide ! »

Ja hän huusi: "Apua, Jumalan tähden, joku auttakoon!"

Elle inclina la tête ; elle voulait mieux voir Gregor.

Hän kallistaa päätään; hän halusi nähdä Gregorin paremmin.

Mais contrairement à sa première action, elle est revenue en courant.

Mutta ensimmäiseen tekoon reagoiden hän juoksi takaisin.

Elle avait oublié que la table était mise derrière elle.

Hän oli unohtanut, että pöytä oli katettu hänen taakseen.

Tout ce qui était prévu pour le petit-déjeuner était encore sur la table.

Kaikki aamiaiseksi tarvittava oli vielä pöydässä.

Elle s'assit précipitamment sur la table, comme distraite.

Hän istuutui hätäisesti pöydän ääreen, ikään kuin olisi ollut hajamielinen.

Et elle n'a pas semblé remarquer le café renversé.

Eikä hän näyttänyt huomaavan läikkynyttä kahvia.

Le café était maintenant en train d'imbiber la moquette.

Kahvi, joka nyt imeytyi mattoon.

« Maman, maman », dit doucement Gregor en levant les yeux vers elle.

"Äiti, äiti", Gregor sanoi hiljaa ja katsoi häntä.

Pour le moment, le manager ne lui importait pas.

Sillä hetkellä johtaja ei ollut hänelle tärkeä.

Mais il y avait aussi le café qui coulait sur la moquette.

Mutta matolle tippui myös kahvia.

Gregor n'a pas pu s'empêcher de claquer des dents devant le café.

Gregor ei voinut vastustaa kiusausta napsahtaa leukansa kahvikupilliselle.

La mère se remit à pleurer à cause de son comportement.

Äiti alkoi itkeä uudelleen miehen käytöksen takia.

Elle a sauté de la table pour prendre ses distances avec lui.

Hän hyppäsi pöydältä ottaakseen etäisyyttä häneen.

Et elle s'est réfugiée dans les bras de son père.

Ja hän juoksi isän syliin turvaan.

Mais Gregor n'avait plus de temps à consacrer à ses parents.

Mutta Gregorilla ei ollut nyt aikaa vanhemmilleen.

L'agent habilité se trouvait déjà dans l'escalier.

Valtuutettu virkailija oli jo portaissa.

Il avait le menton appuyé sur la rambarde, pour regarder à l'intérieur de la maison.

Hän nojasi leukaansa kaiteeseen nähdäkseen sisään taloon.

Apparemment, il voulait jeter un dernier coup d'œil au spectacle.

Ilmeisesti hän halusi vielä viimeisen kerran vilkaista tätä spektaakkelia.

Et Gregor fit un dernier effort pour joindre le directeur.

Ja Gregor teki viimeisen yrityksen tavoittaakseen johtajan.

Il courut vers la porte aussi prudemment qu'il le put.

Hän juoksi ovea kohti niin turvallisesti kuin pystyi.

Mais le chef de bureau devait se douter de quelque chose.

Mutta päällikön on täytynyt epäillä jotakin.

Parce qu'il a descendu quelques marches et a disparu.

Koska hän hyppäsi alas useita portaita ja katosi.

« Hein ! » s'écria Gregor, sa voix résonnant dans la cage d'escalier.

"Höh!" huusi Gregor, ja kaikui portaikossa.

La fuite du manager sembla également déconcerter son père.

Myös johtajan pako näytti hämmentävän hänen isäänsä.

Jusque-là, il était parvenu à garder son calme.

Siihen asti hän oli onnistunut pysymään varsin rauhallisena.

Mais malheureusement, lui aussi a perdu le sang-froid qu'il avait eu.
Mutta valitettavasti hänkin menetti entisen malttinsa.
Il aurait dû aider Gregor dans sa quête.
Hänen olisi pitänyt auttaa Gregoria hänen jahdissaan.
Mais, d'une main, il saisit la canne du directeur.
Mutta hän tarttui johtajan kävelykeppiin toiseen käteen.
Et dans l'autre main, il tenait maintenant un journal.
Ja toisessa kädessään hän piteli nyt sanomalehteä.
Et il entravait désormais directement Gregor dans sa poursuite.
Ja nyt hän suoraan esti Gregoria hänen takaa-ajossa.
Il s'était placé entre Gregor et la rue.
Hän oli asettunut Gregorin ja kadun väliin.
Il tapa du pied et agita le bâton et le journal.
Hän polki jalkojaan ja heilutti keppiä ja sanomalehteä.
Et il forçait activement Gregor à retourner dans sa chambre.
Ja hän aktiivisesti pakotti Gregorin takaisin huoneeseensa.
Aucune des demandes formulées par Gregor n'a été utile.
Yksikään Gregorin esittämistä pyynnöistä ei auttanut.
Parce qu'aucune de ses demandes n'a été comprise.
Koska yhtäkään hänen esittämistään pyynnöistä ei ymmärretty.
Il tourna la tête vers un angle plus profond et plus humble.
Hän käänsi päänsä syvempään, nöyrempään kulmaan.
Mais son père répondit en tapant du pied encore plus fort.
Mutta hänen isänsä vastasi polkemalla jalkojaan vielä kovemmin.
La mère ouvrit une fenêtre, malgré la fraîcheur ambiante.
Äiti avasi ikkunan viileästä säästä huolimatta.
Et elle enfouit son visage dans ses mains froides.
Ja hän painoi kasvonsa käsiinsä kylmässä.
Le vent pouvait désormais traverser tout l'appartement.
Tuuli pääsi nyt puhaltamaan koko asunnon läpi.
Un fort courant d'air soufflait de l'escalier vers la ruelle.
Voimakas veto puhalsi portaikosta kujalle.
Les rideaux claquaient sous l'effet du vent violent.

Verhot lepattivat kovassa tuulessa.
Et le journal posé sur la table bruissait dans le vent.
Ja pöydällä oleva sanomalehti kahisi tuulessa.
Même des feuilles ont été soufflées à l'intérieur de la maison depuis l'extérieur.
Ulkoa puhallettiin jopa lehtiä talon sisälle.
Le père tapa du pied et poussa sans relâche.
Isä tömisteli jalkojaan ja työnsi armottomasti.
Et il sifflait et émettait des bruits comme un homme sauvage.
Ja hän sihisi ja päästi ääniä kuin villimies.
Mais Gregor ne s'était pas encore entraîné à marcher à reculons.
Mutta Gregor ei ollut vielä harjoitellut takaperin kävelyä.
Même Gregor admettrait que ce mouvement était beaucoup plus lent.
Jopa Gregor myöntäisi, että tämä liike oli paljon hitaampaa.
Tout ce qu'il souhaitait, c'était avoir la possibilité de faire demi-tour.
Hän halusi kuitenkin vain tilaisuuden kääntyä.
Il serait alors allé directement dans sa chambre.
Sitten hän olisi mennyt suoraan huoneeseensa.
Mais il avait trop peur d'impatienter son père.
Mutta hän pelkäsi liikaa tekevänsä isänsä kärsimättömäksi.
Et il y avait la menace d'un coup de bâton.
Ja uhkasi joutua kepillä lyödyksi.
Un tel coup à l'arrière de la tête pourrait être fatal.
Tällainen isku pään takaosaan voi olla kohtalokas.
Mais finalement, Gregor n'avait pas d'autre choix.
Mutta lopulta Gregorilla ei ollut muuta vaihtoehtoa.
Il s'est rendu compte qu'il ne pouvait même plus marcher droit à reculons.
Hän tajusi, ettei pystynyt edes kävelemään suoraan taaksepäin.
Il commença à se retourner aussi vite qu'il le put.
Hän alkoi kääntyä ympäri niin nopeasti kuin pystyi.

Mais en réalité, ce mouvement de rotation était tout aussi lent.
Mutta todellisuudessa tämä kääntymisliike oli aivan yhtä hidas.
Et il fut suivi des regards anxieux du père.
Ja isän huolestuneet katseet seurasivat häntä.
Peut-être le père avait-il remarqué les bonnes intentions de Gregor.
Ehkä isä huomasi Gregorin hyvät aikomukset.
Parce qu'il ne l'a pas empêché de se retourner.
Koska hän ei häirinnyt häntä kääntymästä.
Il a même utilisé le bout de son bâton pour guider la rotation.
Hän jopa käytti keppinsä kärkeä ohjatakseen pyörimistä.
Mais Gregor aurait préféré que son père ne lui ait pas sifflé dessus !
Mutta Gregor toivoi yhä, ettei isä olisi sihissyt hänelle!
Le sifflement ne fit qu'ajouter à la confusion du moment.
Suhina vain lisäsi hetken hämmennystä.
Puis il a commis une erreur et a tourné dans la mauvaise direction.
Ja sitten hän teki virheen ja käänsi tiensä väärään suuntaan.
Finalement, il a réussi à se tourner dans la bonne direction.
Lopulta hän onnistui lopulta kääntymään oikeaan suuntaan.
Et il était satisfait des progrès qu'il avait accomplis.
Ja hän oli tyytyväinen saavuttamaansa edistykseen.
Mais un autre problème est alors devenu encore plus évident.
Mutta sitten seuraava ongelma kävi entistä ilmeisemmäksi.
Son corps était trop large pour passer facilement la porte.
Hänen ruumiinsa oli liian leveä mahtuakseen helposti ovesta läpi.
Dans son état actuel, le père ne s'en est pas aperçu.
Nykyisessä tilassaan isä ei huomannut tätä.
Il ne lui vint donc pas à l'esprit d'ouvrir davantage la porte.
Niinpä hänelle ei tullut mieleenkään avata ovea pidemmälle.
Il y aurait alors eu suffisamment de place pour Gregor.

Silloin Gregorille olisi ollut tarpeeksi tilaa.
Sa seule priorité était de faire entrer Gregor dans sa chambre.
Hänen ainoa prioriteettinsa oli saada Gregor huoneeseensa.
Il aurait dû se lever pour passer la porte.
Hänen olisi pitänyt nousta seisomaan mahtuakseen ovesta sisään.
Mais le père n'aurait pas permis une telle manœuvre.
Mutta isä ei olisi sallinut sellaista temppua.
En fait, il le sifflait encore plus sauvagement qu'avant.
Itse asiassa hän sihisi hänelle vielä villimmin kuin ennen.
On aurait dit qu'il y avait plus d'un homme qui lui sifflait dessus.
Kuulosti siltä, että useampi kuin yksi mies oli sihisemässä hänelle.
Ses revendications semblaient revêtir une nouvelle urgence.
Hänen vaatimuksillaan näytti olevan uusi kiireellisyys.
Il n'y avait vraiment plus de temps à perdre.
Nyt ei todellakaan ollut enää aikaa höpiskellä.
Quoi qu'il arrive, Gregor devait franchir la porte.
Olipa tilanne mikä tahansa, Gregorin oli päästävä ovesta sisään.
Il s'est imposé sans aucun égard pour lui-même.
Hän puski itsensä eteenpäin välittämättä lainkaan itsekeskeisyydestä.
Un côté de son corps fut projeté vers le haut par le mouvement.
Liike pakotti hänen ruumiinsa toisen puolen ylöspäin.
Et il était allongé de travers, maladroitement, dans l'embrasure de la porte.
Ja hän makasi kömpelösti ja vinosti ovensuussa.
Un de ses flancs était à vif à cause du frottement contre le bois.
Toinen hänen kylkistään oli hangattu raa'aksi puuta vasten.
Et il avait laissé des taches disgracieuses sur la porte peinte en blanc.
Ja hän oli jättänyt rumia tahroja valkoiseksi maalattuun oveen.

Les jambes d'un de ses côtés pendaient en tremblant dans le vide.

Hänen toisen kyljensä jalat roikkuivat vapisten ilmassa.

Ses autres jambes étaient douloureusement enfoncées dans le sol.

Hänen muut jalkansa painautuivat kivuliaasti lattiaan.

Bientôt, il allait se retrouver complètement coincé entre la porte et le mur.

Pian hän jäisi kokonaan jumiin ovien väliin.

Et alors, il n'aurait plus pu bouger du tout.

Ja sitten hän ei olisi pystynyt liikkumaan ollenkaan.

Mais le père lui a donné une forte impulsion véritablement libératrice.

Mutta isä antoi hänelle todella vapauttavan voimakkaan sysäyksen.

Et il tomba, ensanglanté, loin dans sa chambre.

Ja hän putosi, vuotaen verta rankasti, syvälle huoneeseensa.

Le père claqua la porte derrière lui avec sa canne.

Isä paiskasi oven kepillään kiinni perässään.

Et puis, enfin, le calme et la tranquillité revinrent.

Ja sitten vihdoin koitti taas rauha ja hiljaisuus.

Gregor ne s'est réveillé que bien plus tard dans la journée.
Gregor heräsi vasta paljon myöhemmin päivällä.
Le crépuscule était tombé ; il avait dormi profondément, inconsciemment.
Hämärä oli laskeutunut; hän oli nukkunut raskaasti ja tiedottomana.
Il se serait réveillé même sans avoir été dérangé.
Hän olisi herännyt, vaikka häntä ei olisi häiritty.
Parce qu'il se sentait suffisamment reposé et avait bien dormi.
Koska hän tunsi olonsa riittävän levänneeksi ja hyvin nukkuneeksi.
Mais il crut entendre quelques pas furtifs à l'extérieur.
Mutta hän luuli kuulevansa ulkoa joitakin ohikiitäviä askelia.
Et quelqu'un aurait pu refermer soigneusement la porte d'entrée.
Ja joku on saattanut sulkea etuoven huolellisesti.
La lumière du tramway électrique se projetait faiblement au plafond.
Sähköraitiovaunun valo lankesi kalpeasti katossa.
Le dessus du meuble a également reçu un peu de lumière.
Myös huonekalujen yläosat saivat hieman valoa.
Mais en bas, au niveau de Gregor, il faisait sombre.
Mutta alhaalla maassa, Gregorin tasolla, oli pimeää.
Ses jambes le poussèrent lentement de nouveau vers la porte.
Hänen jalkansa työnsivät häntä hitaasti taas ovea kohti.
Il était très curieux de voir ce qui s'était passé là-bas.
Hän oli hyvin utelias näkemään, mitä siellä oli tapahtunut.
Mais le contrôle de ses antennes n'était pas encore développé.
Mutta hänen tuntoaistinsa eivät olleet vielä hallinneet itseään.
Bien qu'il ait commencé à apprécier ces nouveaux capteurs.
Vaikka hän alkoi arvostaa näitä uusia antureita.

Une longue et disgracieuse cicatrice semblait lui barrer le flanc gauche.

Pitkä, epämiellyttävä arpi näytti kulkevan hänen vasenta kylkeään pitkin.

La cicatrice lui donnait l'impression de contracter ce côté de son corps.

Arpi tuntui kiristävän sitä puolta hänen ruumiistaan.

Il devait donc littéralement boiter en s'appuyant sur ses deux rangées de pattes.

Ja niin hänen täytyi kirjaimellisesti ontua kahdella rivillään jalkojaan.

L'une de ses jambes avait été grièvement blessée ce matin-là.

Toinen hänen jaloistaan oli loukkaantunut vakavasti sinä aamuna.

C'était vraiment un miracle qu'il ne se soit pas cassé plus de jambes.

Oli todella ihme, ettei hän ollut murtanut enempää jalkoja.

Et il traîna donc sa jambe blessée, inerte, derrière lui.

Ja niin hän raahasi loukkaantunutta jalkaansa elottomana perässään.

Lorsqu'il atteignit la porte, il réalisa quelque chose de profond.

Saavuttuaan ovelle hän tajusi jotakin syvällistä.

C'était l'odeur de quelque chose qui l'avait attiré là.

Se oli jonkin haju, joka oli houkutellut hänet sinne.

Quelque chose de comestible avait été laissé pour Gregor dans sa chambre.

Gregorille oli jätetty jotain syötävää hänen huoneeseensa.

Des morceaux de pain blanc flottant dans un bol de lait sucré.

Valkoisen leivän paloja kelluu kulhossa makeaa maitoa.

Il pouvait à peine contenir la joie qui l'habitait.

Hän tuskin pystyi pidättelemään sisällään olevaa iloa.

Il avait encore plus faim maintenant que le matin.

Hän oli nyt vielä nälkäisempi kuin aamulla.

Il plongea aussitôt la tête dans le bol de lait.

Hän kastoi heti päänsä maitokulhoon.

Le lait lui recouvrait presque toute la tête, jusqu'aux yeux.
Maitoa valui lähes koko hänen päänsä päälle, silmiä myöten.
Mais il a rapidement retiré sa tête, amèrement déçu.
Mutta pian hän veti päänsä taaksepäin, katkeran pettyneenä.
L'alimentation était difficile en raison de la fragilité de son côté gauche.
Syöminen oli vaikeaa hänen herkän vasemman puolensa vuoksi.
Et il ne pouvait manger qu'en haletant de tout son corps.
Ja hän pystyi syömään vain läähättämällä koko ruumiillaan.
Mais ce n'était pas la véritable raison de sa déception.
Mutta se ei ollut hänen pettymyksensä todellinen syy.
Le lait avait toujours été l'un de ses plats préférés.
Maito oli aina ollut yksi hänen lempiruoistaan.
Il ne doutait pas que sa sœur s'en souvenait.
Hänellä ei ollut epäilystäkään siitä, etteikö hänen sisarensa olisi muistanut tämän.
Et c'est pour cela qu'elle lui avait donné du lait.
Ja siksi hän oli antanut hänelle maitoa.
Il n'a pas su expliquer pourquoi il n'aimait plus le lait.
Hän ei osannut selittää, miksi hän nyt ei pitänyt maidosta.
Et il se détourna du bol presque à contrecœur.
Ja hän käänsi selkänsä kulholta lähes vastahakoisesti.
Déçu, il retourna en rampant au milieu de la pièce.
Pettyneenä hän ryömi takaisin huoneen keskelle.
De là, il pouvait voir à travers la fente de la porte.
Tässä hän pystyi näkemään oven raosta.
Il pouvait voir que le feu était allumé dans le salon.
Hän näki, että olohuoneessa oli tuli.
Habituellement, à cette heure-ci, le père lisait le journal.
Yleensä tähän aikaan isä luki sanomalehteä.
Il avait toujours l'habitude de lire à sa mère à voix haute.
Hän luki aina äidille korotetulla äänellä.
Parfois, la sœur écoutait aussi les conversations du père.
Joskus sisko myös kuunteli isää.
Elle avait toujours parlé à Gregor de ces lectures à voix haute.

Hän oli aina kertonut Gregorille tästä ääneen lukemisesta.
Mais aujourd'hui, aucun son ne provenait de la pièce.
Mutta tänään huoneesta ei kuulunut ääntäkään.
Peut-être cette habitude s'était-elle déjà perdue.
Ehkä tämä tapa oli jo kadonnut.
Un silence profond s'était installé dans tout l'appartement.
Syvä hiljaisuus oli laskeutunut koko asuntoon.
Bien qu'il sût que l'appartement n'était certainement pas vide.
Vaikka hän tiesikin, ettei asunto todellakaan ollut tyhjä.
« Quelle vie tranquille mène cette famille », pensa Gregor.
"Mikä rauhallista elämää perheellä onkaan", ajatteli Gregor.
Et il fixa l'obscurité avec une grande fierté.
Ja hän tuijotti pimeyteen suurella ylpeydellä.
Il était fier de la vie qu'il avait pu leur offrir.
Hän oli ylpeä elämästä, jonka hän oli pystynyt heille antamaan.
Il était fier du bel appartement qu'ils occupaient.
Hän oli ylpeä kauniista asunnosta, jossa he asuivat.
Mais cette paix était-elle sur le point de connaître une fin tragique ?
Mutta oliko kaikella tällä rauhalla edessään kauhea loppu?
Allait-on leur ravir leur prospérité ?
Otettaisiinko heiltä pois heidän vaurautensa?
Leur bonheur était-il désormais incertain pour l'avenir ?
Oliko heidän tyytyväisyytensä tulevaisuudessa nyt epävarmaa?
Mais il ne voulait pas se perdre dans de telles pensées.
Mutta hän ei halunnut vaipua sellaisiin ajatuksiin.
Pour s'occuper, il grimpait et descendait les murs.
Pysyäkseen kiireisenä hän ryömi seiniä pitkin ylös ja alas.
Durant cette longue soirée, une porte était entrouverte.
Pitkän illan aikana yksi ovi oli hieman raollaan.
Et à un autre moment, l'autre porte s'ouvrit légèrement.
Ja toisella kerralla toinen ovi raottui hieman.
Mais à chaque fois, les portes se sont refermées aussitôt.
Mutta molemmilla kerroilla ovet suljettiin nopeasti uudelleen.

De toute évidence, quelqu'un à l'extérieur souhaitait entrer.
Selvästikin joku ulkopuolinen halusi tulla sisään.
Mais ils avaient aussi trop d'inquiétudes à l'idée de venir.
Mutta heillä oli myös liikaa huolia sisäänpääsystä.
Gregor s'arrêta alors net devant la porte du salon.
Gregor pysähtyi nyt suoraan olohuoneen oven eteen.
Il était déterminé à trouver un moyen de tenter le visiteur hésitant.
Hän oli päättänyt jotenkin houkutella epäröivää vierailijaa.
Il voulait aussi savoir qui était le visiteur.
Ja hän halusi myös tietää kuka vierailija oli ollut.
Mais ce soir-là, la porte ne fut pas ouverte une troisième fois.
Mutta sinä iltana ovea ei avattu kolmatta kertaa.
Et Gregor passa son temps à attendre en vain près de la porte.
Ja Gregor vietti aikansa turhaan odottaen oven luona.
Plus tôt dans la journée, ils avaient tous voulu entrer dans la pièce.
Aiemmin samana päivänä he kaikki halusivat tulla huoneeseen.
Maintenant que les portes étaient déverrouillées, ce serait plus facile pour eux.
Nyt kun ovet olisivat lukitsematta, heidän olisi helpompi.
Mais ils ont choisi de rester de l'autre côté de la pièce.
Mutta he päättivät jäädä huoneen toiselle puolelle.
Gregor remarqua que les clés n'étaient plus dans leurs serrures.
Gregor huomasi, että avaimet eivät enää olleet lukoissaan.
Quelqu'un a dû déplacer les clés vers la serrure extérieure.
Joku on varmaan siirtänyt ulkolukon avaimet.
Ce n'est que tard dans la nuit que la lumière du salon était éteinte.
Vasta myöhään illalla olohuoneen valot sammutettiin.
La famille a dû rester éveillée tout ce temps.
Perheen on täytynyt pysyä hereillä koko ajan.
Et Gregor pouvait clairement les entendre s'éloigner sur la pointe des pieds.

Ja Gregor kuuli selvästi heidän hiipivän pois.

Désormais, personne n'allait venir voir Gregor avant le lendemain matin.

Nyt kukaan ei tulisi Gregorin luo ennen aamua.

Il eut donc tout le temps d'être seul, de réfléchir en toute tranquillité.

Niinpä hänellä oli pitkä aika omaan tahtiinsa, ajatella rauhassa.

Quelle serait la meilleure façon de réorganiser sa vie maintenant ?

Mikä olisi paras tapa järjestää hänen elämänsä uudelleen nyt?

Mais les hauts murs de la pièce vide l'effrayaient.

Mutta tyhjän huoneen korkeat seinät pelottivat häntä.

Il n'avait pas d'autre choix que de s'allonger à plat ventre sur le sol.

Hänellä ei ollut muuta vaihtoehtoa kuin heittäytyä makaamaan maahan.

Et il n'a jamais trouvé la cause de sa peur dans cet espace.

Eikä hän koskaan löytänyt pelkonsa syytä siitä paikasta.

C'était la même pièce où il avait vécu pendant cinq ans.

Se oli sama huone, jossa hän oli asunut viisi vuotta.

Semi-consciemment, il fit un mouvement vers le canapé.

Puolitietoisesti hän liikkui sohvaa kohti.

Et sans aucune honte, il se cacha sous le canapé.

Ja häpeilemättä hän piiloutui sohvan alle.

Là-bas, il se sentit immédiatement de nouveau très à l'aise.

Siellä alhaalla hän tunsi olonsa heti taas erittäin mukavaksi.

Bien que son dos soit un peu comprimé.

Vaikka selkä olikin vähän painava.

Il ne pouvait plus non plus lever la tête sous le canapé.

Hän ei pystynyt enää nostamaan päätään sohvan allekaan.

Mais même cela, il préférait éviter de se trouver dans un espace ouvert.

Mutta tästäkin huolimatta hän oli mieluummin mieluummin missä tahansa avoimessa paikassa.

Il regrettait toutefois que son corps soit si large.

Hän kuitenkin katui sitä, että hänen ruumiinsa oli niin leveä.

Le canapé ne pouvait pas recouvrir entièrement son corps.
Sohva ei voinut peittää kokonaan hänen vartaloaan.
Il est resté sous le canapé toute la nuit.
Hän makasi sohvan alla koko yön.
Il passa la nuit à moitié endormi, troublé par sa faim.
Yön hän vietti puoliunessa, nälkänsä häiritsemänä.
Et le temps qu'il passait éveillé, il le consacrait soit à
s'inquiéter, soit à espérer.
Ja hereilläoloaikansa hän käytti joko murehtimiseen tai
toiveikkuuteen.
Mais tous ses vagues espoirs menaient à la même
conclusion.
Mutta kaikki hänen epämääräiset toiveensa johtivat samaan
johtopäätökseen.
Il n'avait d'autre choix que de rester silencieux pour le
moment.
Hänellä ei ollut muuta vaihtoehtoa kuin pysyä hetken hiljaa.
Il devait faire preuve de patience et de considération envers
la famille.
Hänen täytyi osoittaa kärsivällisyyttä ja huomaavaisuutta
perhettä kohtaan.
C'était le seul moyen de rendre ce désagrément supportable.
Se oli ainoa tapa tehdä epämukavuus siedettäväksi.
Le désagrément qu'il imposait désormais à la famille.
Vaiva, jota hän nyt aiheutti perheelle.
Il n'a pas eu à attendre longtemps pour prouver sa
compassion.
Hänen ei tarvinnut odottaa kauan todistaakseen
myötätuntonsa.
Tôt le matin, sa sœur jeta un coup d'œil dans sa chambre.
Varhain aamulla sisar kurkisti hänen huoneeseensa.
En réalité, c'était autant la nuit que le matin.
Vaikka todellisuudessa oli yhtä lailla yö kuin aamukin.
Elle était entièrement habillée et semblait éprouver de
l'excitation.
Hän oli täysin pukeutunut ja näytti innostuneelta.

La solidité de sa décision nouvellement prise pourrait être mise à l'épreuve.

Hänen uuden päätöksensä vahvuutta voitaisiin koetella.

Elle ne l'a pas immédiatement repéré au premier coup d'œil.

Hän ei löytänyt häntä heti ensi silmäyksellä.

Il devait forcément être quelque part ; il n'aurait pas pu s'envoler.

Hänen täytyi olla jossain; hän ei olisi voinut lentää pois.

Puis son regard parcourut une seconde fois la pièce.

Mutta sitten hänen katseensa pyyhkäisi huoneen toisen kerran.

Et cette fois, elle a aperçu son torse sous le canapé.

Ja tällä kertaa hän huomasi miehen vartalon sohvan alta.

Elle était si effrayée qu'elle a perdu tout contrôle d'elle-même.

Hän oli niin peloissaan, että menetti kaiken itsehillinnän.

Et sa première réaction fut de claquer la porte à nouveau.

Ja hänen ensimmäinen reaktionsa oli paiskaa ovi taas kiinni.

Mais elle a aussi semblé immédiatement regretter son comportement.

Mutta hän näytti myös katuvan käytöstään heti.

Aussitôt qu'elle eut claqué la porte, elle la rouvrit.

Heti kun hän paiskasi oven kiinni, hän avasi sen uudelleen.

Et cette fois, elle entra dans la pièce sur la pointe des pieds.

Ja tällä kertaa hän hiipi varovasti varovasti huoneeseen.

Elle se déplaçait comme si elle rendait visite à une personne gravement malade.

Hän liikkui aivan kuin olisi käynyt vakavasti sairaan luona.

Ou bien elle rendait visite à un parfait inconnu.

Tai ehkä hän oli käynyt täysin tuntemattoman luona.

Gregor poussa sa tête presque jusqu'au bord du canapé.

Gregor työnsi päänsä melkein sohvan reunaan.

Et, caché sous le coffre-fort, il l'observait dans la pièce.

Ja kassakaapin alta hän tarkkaili häntä huoneessa.

Allait-elle remarquer qu'il avait oublié le lait ?

Huomaisiko hän, että hän oli jättänyt maidon?

Il n'avait pas laissé le lait par manque de faim.

Hän ei ollut jättänyt maitoa nälän puutteen vuoksi.
Allait-elle lui apporter un autre plat ?
Aikoiko hän tuoda hänelle jotain muuta ruokaa?
Peut-être un plat qui corresponde mieux à ses goûts.
Ehkä ruokalaji, joka sopisi paremmin hänen mieltymyksiinsä.
Mais elle aurait dû remarquer elle-même son appétit.
Mutta hänen olisi pitänyt itse huomata hänen ruokahalunsa.
Il aurait préféré mourir de faim plutôt que de lui en parler.
Hän olisi mieluummin kuollut nälkään kuin kertonut siitä
hänelle.
En réalité, il aurait beaucoup aimé le lui dire.
Itse asiassa hän olisi kovasti mielellään kertonut sen hänelle.
Il était vraiment tenté de tirer sur lui depuis sous le canapé.
Hän tunsi todella kiusausta ampaisi ulos sohvan alta.
Il avait envie de se jeter aux pieds de sa sœur.
Hän halusi heittäytyä siskonsa jalkoihin.
Et il voulait lui demander quelque chose de bon à manger.
Ja hän halusi pyytää häneltä jotain hyvää syötävää.
Mais la sœur regarda alors le bol de lait.
Mutta sitten sisko katsoi maitokulhoa kohti.
Elle remarqua aussitôt que le bol était encore plein.
Hän huomasi heti, että kulho oli yhä täynnä.
Elle était plutôt surprise que Gregor n'ait rien mangé.
Hän oli aika yllättynyt, ettei Gregor ollut syönyt mitään.
Seul un peu de lait avait été renversé sur le sol.
Lattialle oli läikkynyt vain vähän maitoa.
Elle a aussitôt ramassé le bol et l'a emporté.
Hän otti heti kulhon ja kantoi sen ulos.
Il vit qu'elle ne ramassait pas le bol à mains nues.
Hän huomasi, ettei nainen nostanut kulhoa paljain käsin.
Au lieu de cela, elle ramassa le bol à l'aide d'un des chiffons.
Sen sijaan hän nosti kulhon yhdellä rätistä.
Mais Gregor oublia très vite ce petit détail.
Mutta Gregor unohti tämän pienen yksityiskohdan hyvin
nopeasti.
**Il était désormais beaucoup plus enthousiaste à propos
d'autre chose.**

Hän oli nyt paljon innostuneempi jostain muusta.
Qu'est-ce qu'elle pourrait apporter à la place du lait ?
Mitä hän voisi tuoda maidon korvikkeeksi?
Il avait diverses idées sur ce qu'elle pourrait apporter.
Hänellä oli erilaisia ajatuksia siitä, mitä nainen voisi tuoda
tullessaan.
Mais la gentillesse de sa sœur a dépassé ses espérances.
Mutta hänen sisarensa ystävällisyys ylitti hänen odotuksensa.
Elle comprit qu'elle devait tester ses nouveaux goûts.
Hän tajusi, että hänen oli kokeiltava, mitkä olivat hänen uudet
makunsa.
Elle a donc apporté toute une sélection de plats différents.
Niinpä hän toi mukanaan kokonaisen valikoiman erilaisia
ruokia.
Légumes à moitié pourris, os du repas du soir.
Puoliksi mädäntyneitä vihanneksia, luita illalliselta.
De la sauce solidifiée provenant de leur autre repas.
Jähmettynyttä kastiketta heidän syömästään toisesta ateriasta.
**Quelques raisins secs, des amandes, du pain sec, du pain
beurré.**
Muutama rusina, hieman manteleita, kuivaa leipää, voileipää.
Du pain beurré et salé.
Jonkin verran voideltua ja myös suolattua leipää.
**Du fromage que Gregor avait déclaré immangeable il y a
deux jours.**
Juusto, jonka Gregor oli julistanut syömäkelvottomaksi kaksi
päivää sitten.
**Toute cette sélection de nourriture était disposée sur un
journal.**
Kaikki tämä ruokavalikoima oli sijoitettu sanomalehteen.
Elle a également placé un bol d'eau à côté de ses repas.
Ja hän asetti myös kulhollisen vettä hänen aterioidensa
viereen.
Elle savait que Gregor n'aurait pas mangé devant elle.
Hän tiesi, ettei Gregor olisi syönyt hänen edessään.
Par respect pour lui, elle quitta de nouveau la pièce.

Niinpä kunnioituksesta häntä kohtaan hän poistui huoneesta
jälleen.
Et elle a même tourné la clé dans la serrure en partant.
Ja hän jopa käänsi avainta lukossa lähtiessään.
Mais elle tourna la clé très doucement et avec précaution.
Mutta hän käänsi avainta hyvin hiljaa ja varovasti.
**De cette façon, seul Gregor saurait que la porte était
verrouillée.**
Tällä tavoin vain Gregor tietäisi oven olevan lukossa.
**Il pouvait désormais s'installer aussi confortablement qu'il
le souhaitait.**
Nyt hän sai tehdä olonsa niin mukavaksi kuin halusi.
**Les jambes de Gregor s'agitaient frénétiquement à l'heure
du repas.**
Gregorin jalat vinkuivat, kun oli syömisen aika.
Il est à noter qu'il ne ressentait plus aucune gêne.
On syytä huomata, ettei hän enää tuntenut epämukavuutta.
Ses blessures doivent déjà être complètement guéries.
Hänen haavansa ovat varmasti jo täysin parantuneet.
Parce qu'il ne ressentait plus ses anciens handicaps.
Koska hän ei enää tuntenut aiempia vammojaan.
Sa nouvelle capacité de guérison le surprit et l'émerveilla.
Hänen uusi kykynsä parantaa yllätti ja hämmästytti häntä.
Il y a plus d'un mois, il s'est coupé le doigt avec un couteau.
Yli kuukausi sitten hän leikkasi sormensa veitsellä.
Il y a encore deux jours, cette blessure le faisait souffrir.
Vielä kaksi päivää sitten tuo haava oli kipeä.
« Suis-je beaucoup moins sensible maintenant ? » pensa-t-il.
"Olenko nyt paljon vähemmän herkkä?" hän ajatteli itsekseen.
À ce moment-là, il suçait déjà goulûment le fromage.
Tässä vaiheessa hän jo imi ahneesti juustoa.
Il était plus attiré par le fromage que par les autres aliments.
Häntä kiehtoi juusto enemmän kuin mikään muu ruoka.
**Il mangeait rapidement un morceau de fromage après
l'autre.**
Hän söi nopeasti yhden juustopalan toisensa jälkeen.
Ses yeux s'embuèrent de satisfaction à la vue de ce goût.

Hänen silmänsä kostuivat tyytyväisyydestä sen mausta.
Après le fromage, il mangea les légumes et la sauce.
Juuston jälkeen hän söi vihannekset ja kastikkeen.
Cependant, les aliments frais ne lui plaisaient pas.
Tuore ruoka ei kuitenkaan maistunut hänelle.
En fait, il ne supportait même pas l'odeur des aliments frais.
Itse asiassa hän ei kestänyt edes tuoreen ruoan tuoksua.
Il a même éloigné les autres aliments des aliments frais.
Hän jopa raahasi muut ruoat pois tuoreiden ruokien joukosta.
Et il a très vite terminé la nourriture la plus comestible.
Ja hyvin nopeasti hän söi syötävimmän ruoan.
Tous ces mets délicieux avaient un effet soporifique sur lui.
Kaikella herkullisella ruoalla oli häneen unelias vaikutus.
Et il s'allongea paresseusement à l'endroit où il avait mangé.
Ja hän makasi laiskasti siinä paikassa, jossa oli syönyt.
Finalement, sa sœur est revenue prendre de ses nouvelles.
Lopulta hänen siskonsa tuli takaisin tarkistamaan hänen
vointiaan uudelleen.
Elle a eu la prévoyance de tourner la clé très lentement.
Hänellä oli kaukonäköisyyttä kääntää avainta hyvin hitaasti.
Cela a averti Gregor qu'il devait se retirer.
Tämä antoi Gregorille varoituksen, että hänen pitäisi vetäytyä.
Étourdi et surpris, il se précipita sous le canapé.
Hämmentyneenä ja säikähtäneenä hän kiiruhti takaisin
sohvan alle.
Mais rester sous le canapé n'était pas si facile cette fois-ci.
Mutta sohvan alla pysyminen ei ollut tällä kertaa niin helppoa.
**Son corps s'était un peu arrondi à cause de toute cette
nourriture.**
Hänen ruumiinsa oli käynyt hieman pyöreäksi kaikesta
ruoasta.
Et il devait se retenir pour ne pas s'épuiser à nouveau.
Ja hänen täytyi hillitä itsensä, ettei juoksisi taas ulos.
Même si la sœur n'est pas restée longtemps dans la chambre.
Vaikka sisko ei kauaa huoneessa viipynytkään.
Il avait du mal à respirer dans cet espace étroit.
Hänellä oli vaikeuksia hengittää tuossa ahtaassa tilassa.

Mais il a surmonté ces petites crises d'étouffement.
Mutta hän puski itsensä läpi pienistä tukehtumiskohtauksista.
Les yeux exorbités, il observait les agissements de sa sœur.
Pullistuneilla silmillään hän tarkkaili siskon touhuja.
La sœur, sans se douter de rien, a tout versé dans un seau.
Tietämätön sisar kaatoi kaiken ämpäriin.
Elle s'est non seulement débarrassée de la nourriture que Gregor n'avait pas mangée, mais elle l'a fait.
Hän ei ainoastaan hävittänyt Gregorin syömättä jättämää ruokaa.
Mais elle jetait aussi la nourriture qu'il n'avait pas touchée.
Mutta hän hävitti myös ruoan, johon mies ei ollut koskenut.
Apparemment, cet aliment n'était plus comestible pour personne.
Ilmeisesti ruoka ei ollut enää kenenkään syömäkelpoista.
Elle referma ensuite le seau à nourriture avec un couvercle en bois.
Sitten hän sulki ruokaämpärin puisella kannella.
Et avec la nourriture, le seau et la serpillière, elle est partie.
Ja ruoan, ämpärin ja mopin kanssa hän lähti.
Gregor n'aurait pas pu attendre beaucoup plus longtemps.
Gregor ei olisi jaksanut odottaa enää kauaa.
Dès qu'elle fut partie, il s'échappa de sous le canapé.
Heti kun nainen oli mennyt, mies karkasi sohvan alta.
Il s'étira et souffla de soulagement.
Ja hän venytti itsensä ja puuskutti helpotuksesta.
C'est ainsi que Gregor recevait de la nourriture de temps à autre.
Näin Gregor sai ruokaa aina silloin tällöin.
Sa sœur lui a donné à manger une fois, tôt le matin.
Hänen sisarensa antoi hänelle ruokaa kerran aikaisin aamulla.
À cette heure-ci, les parents et la bonne dormaient encore.
Tähän aikaan vanhemmat ja palvelijatar nukkuivat vielä.
Et il a reçu un deuxième repas après le déjeuner de tout le monde.
Ja hän sai toisen aterian kaikkien lounastettua.
Car à ce moment-là, les parents dormaient aussi un peu.

Koska siihen aikaan vanhemmatkin nukkuivat jonkin aikaa.
Et la servante fut envoyée par la sœur faire une course.
Ja sisar lähetti piian pois jollekin asialle.
Ils n'avaient certainement aucune intention de laisser Gregor mourir de faim.
Heillä ei todellakaan ollut aikomusta näännyttää Gregoria nälkään.
Mais ils n'auraient pas voulu le regarder manger non plus.
Mutta he eivät olisi halunneet katsoa hänen syövänkään.
Les informations fournies par la sœur étaient suffisantes.
Siskon mainitsema tieto oli riittävää.
C'était peut-être sa façon d'épargner aux parents leur chagrin.
Ehkä se oli hänen tapansa säästää vanhemmat surulta.
Ils avaient déjà suffisamment souffert de ses actes.
He olivat kärsineet hänen teoistaan jo tarpeeksi.

Le premier jour s'estompait peu à peu dans les mémoires.
Ensimmäinen päivä alkoi pikkuhiljaa muuttua kaukaiseksi muistoksi.
Gregor n'avait aucun moyen de savoir ce qui s'était passé ce jour-là.
Gregorilla ei ollut mitään keinoa tietää, mitä sinä päivänä tapahtui.
Comment le serrurier a-t-il été conduit hors de l'appartement ?
Miten lukkoseppä ohjattiin ulos asunnosta?
Quelles excuses ont finalement satisfait le médecin ?
Millä tekosyillä lääkäri lopulta tyytyytyi?
Il n'avait trouvé aucun moyen de se faire comprendre.
Hän ei ollut keksinyt mitään keinoa ilmaista itseään ymmärrettävästi.
Il n'a même pas réussi à communiquer avec sa sœur.
Hän ei edes onnistunut kommunikoimaan siskonsa kanssa.
Ils en conclurent donc qu'il ne pouvait pas les comprendre.
Ja niin he luulivat, ettei hän ymmärtäisi heitä.
C'est pourquoi aucun effort ne fut fait pour lui parler.

Ja siksi ei tehty mitään yritystä puhua hänelle.

Sa sœur venait dans sa chambre tous les matins et à midi.

Hänen sisarensa tuli hänen huoneeseensa joka aamu ja lounas.

Mais il devait se contenter d'entendre ses soupirs.

Mutta hänen täytyi tyytyä kuulemaan hänen huokauksiaan.

Plus tard, elle s'est un peu plus habituée à la forme de Gregor.

Myöhemmin hän tottui hieman enemmän Gregorin olemukseen.

Et elle se sentait un peu plus libre de faire davantage de remarques.

Ja hän tunsi hieman enemmän vapautta esittää enemmän kommentteja.

(Même si elle ne s'y habituerait jamais complètement.)

(Vaikka hän ei koskaan täysin tottuisi häneen.)

Et puis Gregor eut de nouveau l'impression qu'on lui parlait un peu plus.

Ja sitten Gregor tunsi tulevansa taas hieman enemmän puhutelluksi.

Et il a perçu ce qu'il considérait comme des commentaires amicaux.

Ja hän kuuli kommentit, joita hän piti ystävällisinä.

"Il a apprécié son repas aujourd'hui", ou "il a tout mangé".

"Hän nautti ruoastaan tänään" tai "hän söi kaiken".

Mais cela n'arrivait que lorsqu'il avait fini de manger.

Mutta se oli vasta sitten, kun hän oli syönyt kaiken ruokansa.

Mais récemment, cela devenait de plus en plus rare.

Mutta viime aikoina tämä on käynyt yhä harvinaisemmaksi.

« Il touchait à peine à sa nourriture », disait-elle plus souvent maintenant.

"Hän tuskin koski ruokaansa", hän sanoi nyt useammin.

Et il y avait une pointe de tristesse dans sa voix à chaque fois.

Ja joka kerta hänen äänessään oli ripaus surua.

Gregor ne pouvait entendre aucune autre nouvelle plus directement.

Gregor ei pystynyt kuulemaan muita uutisia suoremmin.

Mais il a entendu beaucoup de choses se dire dans les pièces voisines.
Mutta hän kuuli paljon uutisia viereisistä huoneista.
Lorsqu'il a entendu des voix, il a couru vers la porte correspondante.
Kuultuaan ääniä hän juoksi vastaavalle ovelle.
Et il a plaqué tout son corps contre la porte pour entendre.
Ja hän painautui koko ruumiillaan ovea vasten kuullakseen.
Toutes les conversations le concernaient d'une manière ou d'une autre.
Kaikki keskustelut koskettivat häntä tavalla tai toisella.
Même lorsque le sujet semblait porter sur autre chose.
Vaikka aihe tuntuisikin olevan jostain muusta.
Cette observation était particulièrement vraie au début.
Tämä havainto piti erityisesti paikkansa alkuaikoina.
À chaque repas, ils répétaient la même discussion.
Joka aterian aikana he toistivat saman keskustelun.
Ils ne savaient toujours pas comment se comporter en sa présence.
He olivat vielä epävarmoja siitä, miten hänen seurassaan tulisi käyttäytyä.
Mais le même sujet a également été abordé entre les repas.
Mutta samasta aiheesta keskusteltiin myös aterioiden välillä.
Parce qu'il y avait toujours deux membres de la famille à la maison.
Koska kotona oli aina kaksi perheenjäsentä.
Personne ne voulait rester seul à la maison.
Kukaan ei halunnut jäädä yksin taloon.
Mais laisser l'appartement vide était également hors de question.
Mutta asunnon jättäminen tyhjäksi ei myöskään tullut kysymykseen.
La femme de ménage était la seule à ne pas être attachée à l'appartement.
Palvelijatar oli ainoa, joka ei ollut sidottu asuntoon.
Elle avait déjà demandé à partir dès le premier jour.
Hän oli jo pyytänyt päästä pois heti ensimmäisenä päivänä.

Elle s'est agenouillée et a supplié qu'on la renvoie.
Hän polvistui ja pyysi päästä pois.
La famille ignorait l'étendue des connaissances de la bonne.
Perhe ei tiennyt, kuinka paljon piika todellisuudessa tiesi.
À ce stade, elle n'en avait pas vu plus que quiconque.
Siinä vaiheessa hän ei ollut nähnyt enempää kuin kukaan
muukaan.
Ce qui s'était passé restait un mystère pour la famille.
Tapahtunut oli perheelle edelleen mysteeri.
Mais un quart d'heure plus tard, elle fit ses adieux.
Mutta varttitunnin kuluttua hän jätti hyvästit.
Et elle a remercié la famille, les larmes aux yeux.
Ja hän kiitti perhettä kyyneleet silmissään.
Mais en réalité, elle les remerciait de l'avoir libérée.
Mutta todellisuudessa hän kiitti heitä siitä, että he olivat
vapauttaneet hänet.
**Ils semblaient lui avoir témoigné la plus grande
bienveillance.**
He näyttivät osoittaneen hänelle mitä suurinta ystävällisyyttä.
Elle a même prêté serment, sans qu'on le lui demande.
Hän jopa vannoi valan, pyytämättä sitä.
Elle a dit qu'elle ne dirait à personne ce qui s'était passé.
Hän sanoi, ettei kertoisi kenellekään, mitä oli tapahtunut.
Désormais, la sœur devait cuisiner avec sa mère.
Nyt siskon piti kokata yhdessä äitinsä kanssa.
Mais ce n'était pas vraiment un inconvénient majeur.
Mutta tämä ei oikeastaan ollut kovin suuri vaiva.
**Parce que de toute façon, ils n'avaient presque rien mangé
tous les deux.**
Koska he kaksi eivät syöneet melkein mitään muutenkaan.
Gregor surprenait sans cesse la même conversation.
Gregor kuuli saman keskustelun yhä uudelleen ja uudelleen.
L'un disait à l'autre qu'il devait manger davantage.
Toinen sanoi toiselle, että heidän pitäisi syödä enemmän.
**Mais cette personne n'a reçu aucune réponse de son
interlocuteur.**
Mutta tuo henkilö ei saanut vastausta kyseiseltä henkilöltä.

« Merci, j'en ai assez », ou quelque chose de similaire.

"Kiitos, minulla on tarpeeksi" tai jotain vastaavaa.

Peut-être qu'eux non plus ne buvaient plus rien.

Ehkä he eivät juoneet enää mitään.

Sa sœur demandait souvent à son père s'il voulait de la bière.

Sisko kysyi usein isältään, haluaisiko tämä olutta.

Et elle a proposé chaleureusement d'aller chercher la bière elle-même.

Ja hän tarjoutui lämpimästi hakemaan oluen itse.

Le père gardait toujours le silence à sa demande.

Isä pysyi aina hiljaa hänen pyynnöstään.

La sœur devait donc trouver un moyen de dissiper tout doute.

Niinpä sisaren täytyi löytää keino hälventää kaikki epäilykset.

Et elle a dit qu'elle enverrait la bonne chercher de la bière.

Ja hän sanoi lähettävänsä piian hakemaan olutta.

Mais finalement, le père a dit un grand « non » retentissant.

Mutta sitten isä sanoi lopulta jyrkästi ja äänekkäästi: "ei".

Puis, on n'a plus évoqué le fait qu'il boive une bière.

Sitten hänen oluensa juomisesta ei enää puhuttu.

Il avait déjà expliqué la situation financière auparavant.

Hän oli jo aiemmin selittänyt taloudellisen tilanteensa.

En fait, il a évoqué les finances dès le premier jour.

Itse asiassa hän mainitsi talousasiat heti ensimmäisenä päivänä.

Il leur a bien fait comprendre quelles étaient les perspectives.

Hän teki heille hyvin selväksi tulevaisuudennäkymät.

Sa propre entreprise avait fait faillite il y a environ cinq ans.

Hänen oma yrityksensä oli kaatunut noin viisi vuotta sitten.

De temps en temps, il se levait pour quitter la table.

Aina silloin tällöin hän nousi seisomaan poistuakseen pöydästä.

Et il se dirigea vers la caisse de son ancien commerce.

Ja hän meni vanhan yrityksensä kassalle.

Il avait conservé la caisse enregistreuse par sentimentalisme.

Hän oli säästänyt kassakoneen tunteellisuudesta.
Gregor l'entendit déverrouiller une serrure lourde et complexe.
Gregor kuuli hänen avaavan raskasta ja monimutkaista lukkoa.
Et il sortit des reçus et des livres de comptes de la caisse.
Ja hän otti kassasta kuitteja ja kirjoja.
Après avoir pris les objets, il a refermé la caisse à clé.
Otettuaan esineet hän lukitsi kassan uudelleen.
Gregor n'avait entendu aucune bonne nouvelle depuis son emprisonnement.
Gregor ei ollut kuullut hyviä uutisia vankeutensa jälkeen.
Il pensait que l'entreprise avait ruiné son père.
Hän luuli yrityksen ajaneen hänen isänsä konkurssiin.
Le père avait certainement donné cette impression à Gregor.
Isä oli varmasti antanut Gregorille sellaisen vaikutelman.
Et Gregor ne lui a plus jamais posé de questions sur les finances.
Eikä Gregor koskaan kysynyt häneltä enempää raha-asioista.
Gregor voulait faire tout son possible pour aider la famille.
Gregor halusi tehdä kaikkensa auttaakseen perhettä.
Il voulait les aider à oublier leurs difficultés financières.
Hän halusi auttaa heitä unohtamaan liike-elämän epäonnen.
La faillite qui a engendré un désespoir total.
Konkurssi, joka johti täydelliseen toivottomuuteen.
Il s'est donc mis à travailler avec une passion toute particulière.
niinpä hän alkoi työskennellä aivan erityisellä intohimolla.
Il était devenu représentant de commerce itinérant presque du jour au lendemain.
Hänestä oli tullut kauppamatkustaja lähes yhdessä yössä.
Avant cela, il n'avait travaillé que comme commis mal payé.
Sitä ennen hän oli työskennellyt vain pienipalkkaisena virkailijana.
Il avait désormais des opportunités de gains complètement différentes.
Nyt hänellä oli täysin erilaiset ansaintamahdollisuudet.

Les ventes réussies pouvaient être immédiatement converties en liquidités.
Onnistuneet myynnit voitaisiin muuttaa välittömästi rahaksi.
L'argent étant bien sûr versé sur ses commissions.
Rahat tietenkin maksetaan hänen palkkioistaan.
Désormais, Gregor pouvait mettre de l'argent sur la table familiale.
Nyt Gregor pystyi laittamaan rahaa perheen pöytään.
Et ils étaient étonnés et ravis de ses gains.
Ja he olivat hämmästyneitä ja iloisia hänen ansioistaan.
Mais ces beaux moments ne se reproduiront plus.
Mutta nuo kauniit ajat eivät toistu enää.
Ils commençaient tout juste à s'habituer à cette période faste.
He olivat vasta tottuneet näihin hyviin aikoihin.
À chaque paie, la famille acceptait l'argent avec gratitude.
Joka palkkapäivä perhe otti rahat kiitollisena vastaan.
Et Gregor était tout aussi heureux de remettre l'argent.
Ja Gregor oli yhtä iloinen voidessaan luovuttaa rahat.
Mais la chaleureuse affection qu'elle suscitait en retour s'est peu à peu éteinte.
Mutta vastavuoroisesti annettu lämmin kiintymys kuoli hitaasti.
Seule sa sœur restait aussi proche de Gregor qu'auparavant.
Vain hänen sisarensa pysyi yhtä läheisenä Gregorille kuin ennen.
Elle, contrairement à Gregor, avait une profonde appréciation pour la musique.
Hän, toisin kuin Gregor, arvosti syvästi musiikkia.
Et elle savait jouer du violon d'une manière très touchante.
Ja hän osasi soittaa viulua hyvin koskettavasti.
Gregor avait secrètement prévu de l'envoyer dans une école de musique.
Gregor suunnitteli salaa lähettävänsä hänet musiikkikouluun.
Il n'avait pas encore décidé comment il réglerait les dépenses.
Hän ei ollut vielä päättänyt, miten kulut maksaisi.
Mais d'une manière ou d'une autre, il couvrirait les frais.

Mutta tavalla tai toisella hän kattaisi kustannukset.
De temps en temps, Gregor et sa famille partaient en courts séjours.
Gregor ja perhe tekivät silloin tällöin lyhyitä matkoja.
Gregor et sa sœur abordaient souvent ce sujet.
Gregor ja sisko ottivat asian usein esille.
Mais cela n'a jamais été évoqué que comme une idée merveilleuse.
Mutta sitä on aina mainittu vain loistavana ideana.
Ils ne croyaient pas vraiment que ce rêve puisse se réaliser.
He eivät oikeasti uskoneet unelman toteutuvan.
Et les parents n'appréciaient pas de telles ambitions fantaisistes.
Ja vanhemmat eivät pitäneet sellaisista mielikuvituksellisista tavoitteista.
Même lorsque le sujet a été abordé de manière tout à fait innocente.
Vaikka aihe nostettiin esiin hyvin viattomasti.
Mais Gregor continuait de penser à l'école de musique.
Mutta Gregor jatkoi musiikkikoulun miettimistä.
Et il prévoyait d'annoncer le cadeau la veille de Noël.
Ja hän aikoi ilmoittaa lahjan jouluaattona.
Bien sûr, dans son état actuel, ce serait impossible.
Nykyisessä tilanteessa se olisi tietenkin mahdotonta.
Mais ce genre de pensées lui traversait l'esprit.
Mutta tuollaisia ajatuksia pyöri hänen päässään.
Et telles étaient les pensées qui lui traversaient l'esprit en écoutant sa famille.
Ja hänellä oli sellaisia ajatuksia kuunnellessaan perhettä.
Parfois, il était trop fatigué pour continuer à les écouter.
Välillä hän oli liian väsynyt kuunnellakseen heitä.
Sa tête s'est affaissée contre la porte, rongée par la fatigue.
Hänen päänsä painui väsymyksestä oveen.
Mais il appuya aussitôt de nouveau sa tête contre la porte.
Mutta heti hän painoi päänsä taas oveen.
Car même le moindre bruit s'entendait à l'extérieur.
Koska pienimmätkin äänet kuuluivat ulkoa.

Et le moindre bruit qu'il faisait plongeait la famille dans le silence.

Ja kaikki hänen päästämänsä äänet hiljensivät perheen.

« Que fait-il maintenant ? » demanda le père à sa famille.

"Mitä hän nyt tekee?" isä kysyi perheeltä.

Il alla à la porte pour vérifier d'où venait le bruit.

Ja hän meni ovelle tarkistamaan, mistä ääni kuului.

Puis la conversation interrompue a repris progressivement.

Ja sitten keskeytynyt keskustelu jatkui vähitellen.

Mais les paroles du père ont agréablement surpris tout le monde.

Mutta isän sanat yllättivät kaikki positiivisesti.

Gregor apprit alors la véritable situation financière.

Gregor sai nyt tietää raha-asioiden todellisen tilanteen.

Malgré tous ces malheurs, il y a eu aussi un peu de chance.

Kaikista vastoinkäymisistä huolimatta oli mukana myös onnea.

Une petite fortune d'antan était encore là.

Hyvin pieni omaisuus menneiltä ajoilta oli vielä siellä.

Le père a expliqué les choses, mais a dû se répéter.

Isä selitti asiat, mutta joutui toistamaan itseään.

Parce qu'il ne s'était pas occupé de ces choses depuis un certain temps.

Koska hän ei ollut käsitellyt näitä asioita vähään aikaan.

Et parce que la mère ne comprenait pas de telles choses.

Ja koska äiti ei ymmärtänyt sellaisia asioita.

Les taux d'intérêt de la banque avaient légèrement augmenté.

Pankkien korot olivat nousseet hieman.

L'argent non utilisé avait augmenté plus que prévu.

Koskemattoman rahan määrä oli kasvanut odotettua enemmän.

De plus, Gregor leur avait toujours donné ses économies.

Lisäksi Gregor oli aina antanut heille säästönsä.

Il n'avait jamais gardé que quelques florins pour lui-même.

Hän oli pitänyt itsellään vain muutaman guldenin.

Et son argent n'avait pas été entièrement dépensé.

Eikä hänen rahansakaan olleet kokonaan käytetty loppuun.
Ensemble, ces sommes avaient constitué un petit capital.
Yhdessä tämä raha oli kerryttänyt pieneksi pääomaksi.
Gregor, derrière sa porte, hocha la tête avec enthousiasme à la nouvelle.
Gregor nyökkäsi ovensa takana innokkaasti uutisille.
Il était ravi de cette prudence et de cette frugalité inattendues.
Hän oli mielissään tästä odottamattomasta varovaisuudesta ja säästäväisyydestä.
Les fonds excédentaires auraient pu servir à rembourser la dette.
Ylimääräiset varat olisi voitu käyttää velan maksuun.
Ils n'auraient alors plus rien dû au patron.
Silloin he eivät olisi enää velkaa pomolle mitään.
Et Gregor aurait pu changer d'emploi bien plus tôt.
Ja Gregor olisi voinut siirtyä uuteen työhön paljon aikaisemmin.
Mais la façon dont le père s'y était pris était bien meilleure maintenant.
Mutta isän järjestelyt olivat nyt paljon parempia.
L'argent ne suffisait pas tout à fait pour vivre des intérêts.
Rahat eivät aivan riittäneet elämiseen koroilla.
Et il a fallu mettre de l'argent de côté pour les urgences.
Ja rahaa piti varata myös hätätilanteita varten.
Cela n'aurait suffi que pour un an ou deux.
Rahaa olisi riittänyt vain vuodeksi tai kahdeksi.
Cela signifiait que quelqu'un devait gagner de l'argent pour qu'ils puissent vivre.
Tämä tarkoitti sitä, että jonkun piti ansaita rahaa elääkseen.
Le père n'était pas malade et il était assez fort.
Isä ei ollut sairas, ja hän oli tarpeeksi vahva.
Mais il était sans emploi depuis plus de cinq ans.
Mutta hän oli ollut työttömänä yli viisi vuotta.
Et, du fait de son âge, il lui restait peu de confiance en lui.
Ja ikänsä vuoksi hänellä oli vain vähän itseluottamusta jäljellä.

Il avait également pris beaucoup de poids ces derniers temps.
Hän oli myös lihonnut paljon viime aikoina.
Sa vie avait toujours été ardue et infructueuse.
Hänen elämänsä oli aina ollut rankkaa ja epäonnistunutta.
Et c'étaient les premières vacances qu'il ait jamais prises.
Ja tämä oli ollut hänen ensimmäinen lomansa.
Et, faute d'être occupé, il était devenu assez maladroit.
Ja ilman kiireisyyttä hänestä oli tullut melko kömpelö.
Ne serait-il pas préférable que la vieille mère gagne l'argent ?
Olisiko parempi, jos vanha äiti ansaitsisi rahat?
La vieille mère qui souffrait d'asthme.
Vanha äiti, joka oli kärsinyt astmasta.
La vieille mère qui peinait à monter les escaliers.
Vanha äiti, joka kamppaili portaiden ylös kävelemisen kanssa.
La vieille mère qui passait son temps allongée sur le canapé.
Vanha äiti, joka vietti aikansa sohvalla maaten.
La vieille mère qui préférait rester près de la fenêtre.
Vanha äiti, joka mieluiten pysytteli ikkunan vieressä.
Pour qu'elle puisse reprendre son souffle quand elle en aurait besoin.
Jotta hän saisi hengähtää tarvittaessa.
Ne serait-il pas préférable que ce soit la jeune sœur qui gagne l'argent ?
Olisiko parempi, jos nuori sisko ansaitsisi rahat?
La sœur, qui à dix-sept ans n'était encore qu'une enfant.
Sisko, joka seitsemäntoistavuotiaana oli vielä lapsi.
La sœur qui ne connaissait que quelques modestes plaisirs.
Sisko, jolla oli vain muutamia vaatimattomia nautintoja.
La sœur qui aimait surtout jouer du violon.
Sisko, joka nautti pääasiassa viulunsoitosta.
Elle savait que son mode de vie antérieur était très enviable ;
Hän tiesi, että hänen aiempi elämäntapansa oli hyvin kadehdittava;
Bien s'habiller, faire la grasse matinée, aider à la maison.
Pukeudu siististi, herää myöhään ja auta kotona.

La conversation tournait souvent autour de la nécessité de gagner de l'argent.
Keskustelu kääntyi usein rahan ansaitsemisen tarpeeseen.
Gregor était toujours le premier à lâcher la porte.
Gregor oli aina ensimmäinen, joka päästi irti ovesta.
Cette conversation l'avait rempli de honte et de chagrin.
Keskustelu kuumensi häntä häpeästä ja surusta.
Il se laissa donc tomber sur le canapé en cuir qui refroidissait.
Niinpä hän heittäytyi viilentyvälle nahkasohvalle.
Et il passait souvent le reste de la nuit sur le canapé.
Ja hän vietti usein loppuyön sohvalla.
Il ne dormait jamais vraiment sur le canapé, ni la nuit.
Hän ei koskaan oikeasti nukkunut sohvalla eikä öisin.
Souvent, il se contentait de gratter le cuir pendant des heures.
Usein hän vain raapi nahkaa tuntikausia putkeen.
D'autres fois, il poussait le fauteuil jusqu'à la fenêtre.
Toisinaan hän työnsi nojatuolin ikkunaa vasten.
Cela a nécessité à lui seul beaucoup d'efforts de sa part.
Jo tämä vaati häneltä valtavasti ponnisteluja.
Le fauteuil l'a aidé à ramper jusqu'au rebord de la fenêtre.
Nojatuoli auttoi häntä ryömiä ikkunalaudalle.
Et de là, il put s'appuyer contre la fenêtre.
Ja sieltä hän pystyi nojaamaan ikkunaan.
Il éprouvait un grand sentiment de liberté en faisant cela.
Hän tunsi ennen suurta vapauden tunnetta tehdessään tätä.
Peut-être recherchait-il une sensation de liberté d'antan.
Ehkä hän etsi jotain vanhaa vapauttavaa tunnetta.
Mais sa vue n'était plus aussi perçante qu'avant.
Mutta hänen näkönsä ei ollut enää yhtä terävä kuin ennen.
Les objets situés à une certaine distance étaient flous et indistincts.
Pienen matkan päässä olevat asiat olivat sumeita ja epäselviä.
Il ne pouvait plus voir l'hôpital de l'autre côté de la rue.
Hän ei enää nähnyt tien toisella puolella olevaa sairaalaa.
Avant, il maudissait le paysage, maintenant il voulait le voir.

Ennen hän oli kironnut näkymää, nyt hän halusi nähdä sen.
Il savait qu'il habitait dans la paisible Charlottenstrasse, en pleine ville.
Hän tiesi asuvansa hiljaisella, urbaanilla Charlottenstrassella.
Mais il a peut-être cru qu'il regardait vers le désert.
Mutta hän on ehkä luullut katselevansa aavikkoon.
Un désert où le ciel gris et la terre grise se confondaient.
Autiomaa, jossa harmaa taivas ja harmaa maa yhdistyivät.
La sœur attentive remarqua à deux reprises que la chaise avait bougé.
Tarkkaavainen sisar huomasi kahdesti tuolin liikkuneen.
Après avoir rangé, elle a repoussé la chaise vers la fenêtre.
Siivottuaan hän työnsi tuolin takaisin ikkunan viereen.
Et désormais, elle laissait même la fenêtre ouverte.
Ja tästä lähtien hän jätti jopa ikkunanpuitteet auki.
Gregor aurait vraiment souhaité pouvoir parler à sa sœur.
Gregor todella toivoi, että olisi voinut puhua sisarelleen.
Il voulait la remercier pour tout ce qu'elle avait fait pour lui.
Hän halusi kiittää naista kaikesta, mitä tämä oli tehnyt hänen hyväkseen.
Il aurait alors plus facilement toléré leurs services.
Silloin hän olisi sietänyt heidän palveluksiaan helpommin.
Mais en l'état actuel des choses, il souffrait de son aide.
Mutta asiaintilan mukaan hän kärsi siitä, että nainen auttoi häntä.
La sœur, bien sûr, a tenté de dissimuler la gêne.
Sisko tietenkin yritti peitellä hämmennystä.
Et elle faisait de son mieux pour feindre de ne pas se sentir accablée.
Ja hän teki parhaansa teeskennelläkseen, ettei tuntisi oloaan taakaksi.
Bien sûr, c'est quelque chose qu'elle devait d'abord pratiquer.
Tietenkin tämä on asia, jota hänen piti harjoitella ensin.
Et plus le temps passait, plus elle devenait douée.
Ja mitä enemmän aikaa kului, sitä paremmin hän siinä pärjäsi.

Mais Gregor eut également plus de temps pour constater sa supercherie.
Mutta Gregorille annettiin myös enemmän aikaa nähdä hänen teeskentelynsä.
Même son entrée dans sa chambre était une épreuve pour lui.
Jopa hänen huoneeseensa astuminen oli hänelle koettelemus.
Dès qu'elle est entrée, elle a couru directement vers la fenêtre.
Heti sisään astuttuaan hän juoksi suoraan ikkunalle.
Elle n'a même pas pris le temps de fermer la porte.
Hän ei edes vaivautunut sulkemaan ovea.
Normalement, elle épargnait à tout le monde la vue de la chambre de Gregor.
Yleensä hän säästi kaikkien Gregorin huoneen näkemisen.
Et elle ouvrit brusquement la fenêtre d'un geste rapide.
Ja hän repäisi ikkunan auki kiireisillä käsillään.
Puis elle reprit sa respiration comme si elle avait suffoqué.
Sitten hän hengitti uudelleen aivan kuin olisi tukehtunut.
L'air qui entrait était froid, et elle respira profondément.
Sisään tuleva ilma oli kylmää, ja hän hengitti syvään.
Mais elle resta néanmoins un moment près de la fenêtre.
Mutta hän pysyi silti ikkunan ääressä jonkin aikaa.
Elle effrayait Gregor deux fois par jour avec ce rituel.
Hän pelotti Gregoria kahdesti päivässä tällä rutiinilla.
Pendant qu'elle était dans la pièce, il tremblait sous le canapé.
Hänen ollessaan huoneessa mies tärisi sohvan alla.
Il savait qu'elle aurait aimé lui épargner cette épreuve.
Hän tiesi, että nainen olisi halunnut säästää hänet tältä koettelemukselta.
Mais elle ne pouvait pas rester dans la pièce avec la fenêtre fermée.
Mutta hän ei voinut olla huoneessa, jonka ikkuna oli kiinni.
Il y a eu une fois où elle est arrivée un peu plus tôt.
Kerran hän tuli sisään vähän aikaisemmin.

Probablement environ un mois après la transformation de Gregor.

Todennäköisesti noin kuukausi Gregorin muodonmuutoksen jälkeen.

Elle s'était plus ou moins habituée à sa nouvelle apparence.

Hän oli jo jonkin verran tottunut hänen uuteen ulkonäköönsä.

Elle n'avait donc plus aucune raison d'être particulièrement choquée.

Joten hänellä ei ollut enää mitään syytä olla erityisen järkyttynyt.

Elle le trouva toùjours immobile, le regard fixé par la fenêtre.

Hän huomasi miehen tuijottavan yhä liikkumattomana ulos ikkunasta.

Il se trouvait dans le pire endroit où il aurait pu être.

Hän oli kamalimmassa paikassa, missä hän vain voi olla.

Il n'aurait pas été surpris si elle n'était pas entrée.

Hän ei olisi yllättynyt, ellei nainen olisi tullut sisään.

Il l'empêcha d'ouvrir la fenêtre.

Missä häntä esti avaamasta ikkunaa.

Elle quitta rapidement la pièce et ferma la porte.

Hän poistui nopeasti huoneesta uudelleen ja sulki oven.

Un étranger aurait pu tirer toutes sortes de conclusions.

Muukalainenkin olisi voinut tehdä kaikenlaisia johtopäätöksiä.

Peut-être attendait-il simplement l'occasion de la mordre.

Ehkä hän vain odotti tilaisuutta purra häntä.

Gregor, bien sûr, s'est immédiatement caché sous le canapé.

Gregor tietenkin piiloutui heti sohvan alle.

Mais il dut attendre midi pour que sa sœur revienne.

Mutta hänen täytyi odottaa puoleenpäivään asti, että hänen sisarensa palaisi.

Et elle semblait beaucoup plus agitée que d'habitude.

Ja hän vaikutti paljon levottomammalta kuin tavallisesti.

Il réalisa que sa vue lui était encore insupportable.

Hän tajusi, että hänen näkemisensä oli yhä sietämätöntä.

Sa vue allait lui rester insupportable.

Hänen näkemisensä tulisi jäämään hänelle sietämättömäksi.
**Elle ne pouvait probablement pas supporter de le voir,
même partiellement.**
Hän ei luultavasti kestäisi nähdä mitään osaa hänestä.
Une petite partie dépassait toujours de sous le canapé.
Pieni osa työntyi aina sohvan alta esiin.
Un jour, il transporta un drap sur son dos jusqu'au canapé.
Eräänä päivänä hän kantoi lakanan selällään sohvalle.
Il voulait lui épargner de voir quoi que ce soit de lui.
Hän halusi säästää naisen näkemästä mitään osaa hänestä.
Il arrangea le drap de façon à ce qu'il soit entièrement caché.
Hän järjesteli lakanan niin, että hän oli kokonaan piilossa.
Même si elle se baissait, elle ne pourrait pas le voir.
Vaikka hän kumartuisi, hän ei näkisi häntä.
L'opération a pris à Gregor plus de trois heures.
Koko ponnistus vei Gregorilta yli kolme tuntia.
Elle a peut-être pensé que le drap était inutile.
Hän on ehkä ajatellut, että lakanat olivat tarpeettomia.
Elle aurait su qu'il ne voulait pas du drap.
Hän olisi tiennyt, ettei hän halunnut lakanoita.
Il le faisait pour son confort, et non pour lui-même.
Hän teki sen hänen mukavuutensa vuoksi, eikä itsensä vuoksi.
Et elle aurait pu enlever le drap si elle l'avait voulu.
Ja hän olisi voinut ottaa lakanan pois, jos olisi halunnut.
Mais elle laissa le drap là où Gregor l'avait mis.
Mutta hän jätti lakanan siihen, mihin Gregor oli sen laittanut.
Et Gregor crut même avoir aperçu un regard reconnaissant.
Ja Gregor jopa luuli nähneensä kiitollisen katseen.
Il avait doucement soulevé le drap avec sa tête.
Hän oli varovasti nostanut lakanan ylös päällään.
Il voulait savoir si sa sœur appréciait cet arrangement.
Hän halusi nähdä, tykkäisikö hänen siskonsa järjestelystä.

**Les deux premières semaines ont été les plus difficiles pour
les parents.**
Kaksi ensimmäistä viikkoa olivat vanhemmille vaikeimmat.
Ils n'ont pas eu le courage d'entrer et de le voir.

He eivät kyenneet tulemaan sisään ja näkemään häntä.
Il a surpris plusieurs de leurs conversations à cette époque.
Hän kuuli sattumalta monia heidän keskustelujaan tuolloin.
Ils ont pleinement reconnu tout ce que faisait la sœur.
He tunnustivat täysin kaiken, mitä sisar teki.
Même s'ils étaient souvent agacés par elle.
Vaikka he olivatkin usein ärsyyntyneitä häneen.
Parce qu'elle semblait être une fille un peu inutile.
Koska hän oli vaikuttanut jotenkin hyödyttömältä tytöltä.
C'étaient maintenant eux qui attendaient de l'autre côté de la pièce.
Nyt he odottivat huoneen toisella puolella.
Et c'est elle qui est entrée dans la pièce pour tout faire.
Ja hän meni huoneeseen tekemään kaiken.
Dès qu'elle est sortie, ils ont voulu tout savoir.
Heti kun hän tuli ulos, he halusivat tietää kaiken.
Elle a dû leur décrire précisément l'aspect de la pièce.
Hänen täytyi kertoa heille tarkalleen, miltä huone näytti.
« Qu'est-ce que Gregor a mangé ? Comment s'est-il comporté cette fois-ci ? »
"Mitä Gregor söi? Miten hän käyttäytyi tällä kertaa?"
«Y avait-il peut-être une légère amélioration à constater ?»
"Oliko kenties havaittavissa pientä parannusta?"
La mère, d'ailleurs, était en réalité plus courageuse.
Äiti oli muuten itse asiassa rohkeampi.
Et bien sûr, c'était son propre fils qui se trouvait dans la pièce.
Ja tietenkin huoneessa oli hänen oma poikansa.
Elle souhaitait en fait rendre visite à Gregor assez rapidement.
Hän halusi itse asiassa vierailla Gregorin luona suhteellisen pian.
Mais au départ, son père et sa sœur l'ont retenue.
Mutta isä ja sisko aluksi pidättelivät häntä.
Ils ont avancé des arguments très rationnels pour qu'elle n'y aille pas.

He esittivät hyvin järkeviä perusteluja sille, miksi hän ei lähtisi.

Gregor écouta très attentivement leur raisonnement.

Gregor kuunteli heidän perustelujaan hyvin tarkasti.

Et il acceptait ce raisonnement autant que sa mère.

Ja hän hyväksyi perustelun yhtä lailla kuin äitinsäkin.

Plus tard, cependant, il a fallu la retenir par la force.

Myöhemmin hänet kuitenkin jouduttiin pidättämään väkisin.

«Laissez-moi entrer voir Gregor, c'est mon malheureux fils !»

"Päästä minut sisään Gregorin luo, hän on minun onneton poikani!"

« Tu ne comprends pas que je dois aller le voir ? »

"Etkö ymmärrä, että minun täytyy mennä tapaamaan häntä?"

Gregor fut également convaincu par les arguments de sa mère.

Äitinsä argumentit vakuuttivat myös Gregorin.

Peut-être avait-elle raison ; ce serait bien qu'elle vienne.

Ehkä hän oli oikeassa; olisi hyvä, jos hän tulisi sisään.

Le voir tous les jours serait beaucoup trop lourd.

Olisi aivan liikaa tulla hänen näköisiksi joka päivä.

Mais le voir une fois par semaine suffirait peut-être.

Mutta ehkä kerran viikossa näkeminen saattaisi riittää.

Elle pourrait comprendre les choses bien mieux que sa sœur.

Hän saattaa ymmärtää asioita paljon paremmin kuin sisko.

Malgré tout son courage, elle n'était encore qu'une enfant.

Kaikesta rohkeudestaan huolimatta hän oli vielä lapsi.

Peut-être une insouciance enfantine l'a-t-elle poussée à entreprendre cette tâche.

Ehkä lapsellinen holtittomuus sai hänet ottamaan tehtävän vastaan.

Mais le souhait de Gregor de revoir sa mère se réalisa bientôt.

Mutta Gregorin toive nähdä äitinsä kävi pian toteen.

Durant la journée, Gregor se tenait à l'écart de la fenêtre.

Päivällä Gregor pysytteli poissa ikkunasta.

Il a agi ainsi par égard pour ses parents.

Tämän hän teki vanhempiaan kohtaan tuntemasta kunnioituksesta.

Il n'avait pas beaucoup de place pour ramper sur le sol.
Hänellä ei ollut paljon tilaa ryömiä lattialla.

Il avait du mal à rester immobile pendant la nuit.
Hänen oli vaikea maata paikallaan yöllä.

Manger ne lui procurait plus le moindre plaisir.
Syöminen ei enää tuottanut hänelle pienintäkään nautintoa.

Bien sûr, il devait trouver un moyen de se distraire.
Tietenkin hänen täytyi keksiä jokin tapa viihdyttää itseään.

Pour se divertir, il grimpait et descendait les murs.
Viihdyttääkseen itseään hän ryömi seiniä ylös ja alas.

Et il rampait aussi le long du plafond, la tête en bas.
Ja hän myös ryömi kattoa pitkin ylösalaisin.

Il était particulièrement heureux lorsqu'il était suspendu au plafond.
Hän oli erityisen iloinen roikkuessaan katosta.

C'était complètement différent de s'allonger par terre.
Se oli aivan erilaista kuin lattialla makaaminen.

Il trouvait qu'il respirait beaucoup plus facilement dans cette position.
Hänen oli paljon helpompi hengittää tässä asennossa.

Une légère mais agréable vibration parcourut son corps.
Lievä mutta miellyttävä värinä kulki hänen kehonsa läpi.

Parfois, il se laissait même trop aller à son bonheur.
Joskus hän jopa rentoutui liikaa onnensa vuoksi.

Il lui arrivait d'être distrait et de lâcher prise du plafond.
Joskus hän herpaantui ja päästi irti katosta.

Et à sa propre surprise, il atterrit de nouveau sur le sol.
Ja omaksi yllätyksekseen hän laskeutui takaisin maahan.

Mais il maîtrisait bien mieux son corps qu'auparavant.
Mutta hän hallitsi kehoaan paljon paremmin kuin ennen.

Ainsi, il ne se blessait plus lors de chutes aussi importantes.
Joten hän ei nyt loukannut itseään niin suurista kaatumisista.

Sa sœur remarqua immédiatement le nouveau plaisir de Gregor.
Sisko huomasi heti Gregorin uuden nautinnon.

Et on retrouvait des traces de colle là où il avait rampé.
Ja siellä missä hän oli ryöminyt, oli jälkiä liimasta.
Là encore, la sœur pensa au bien-être de Gregor.
Tässäkin sisar ajatteli Gregorin hyvinvointia.
Il apprécierait peut-être d'avoir plus d'espace pour ramper.
Ehkä hän arvostaisi enemmän tilaa liikkua.
Et l'idée s'est fermement ancrée dans son esprit.
Ja ajatus juurtui lujasti hänen päähänsä.
Certains meubles volumineux entravaient sa liberté de mouvement.
Jotkut suuret huonekalut estivät hänen vapaata liikkumistaan.
Il ne travaillait plus, il n'avait donc plus besoin du bureau.
Hän ei enää tehnyt töitä, joten hän ei tarvinnut työpöytää.
Et la boîte prenait plus de place que nécessaire. ***
Ja laatikko vei myös enemmän tilaa kuin sen olisi tarvinnut.
***
La sœur n'était pas en mesure de déplacer ces choses seule.
Sisko ei pystynyt siirtämään näitä asioita yksin.
Bien sûr, elle n'osait pas demander de l'aide à son père.
Tietenkään hän ei uskaltanut pyytää isältä apua.
La bonne ne l'aurait certainement pas aidée non plus.
Palvelijatarkaan ei olisi varmasti auttanut häntä.
La nouvelle femme de ménage était en réalité un an plus jeune qu'elle.
Uusi palvelijatar oli itse asiassa vuotta häntä nuorempi.
Elle avait courageusement endossé le rôle de l'ancienne bonne.
Hän oli rohkeasti ottanut entisen palvelijattaren roolit.
Mais il y avait un privilège auquel elle tenait absolument.
Mutta oli yksi etuoikeus, jota hän ehdottomasti vaati.
Elle voulait que la cuisine reste verrouillée en permanence.
Hän halusi pitää keittiön lukossa koko ajan.
La sœur n'avait donc pas d'autre choix que de demander à sa mère.
Niinpä siskolla ei ollut muuta vaihtoehtoa kuin kysyä äidiltään.
La mère est venue à son secours en poussant des cris de joie.

Äiti tuli auttamaan ilonhuudoissa.

Mais elle se tut devant la porte de la chambre de Gregor.

Mutta hän vaikeni Gregorin huoneen ovella.

La sœur a vérifié que tout était en ordre dans la chambre.

Sisar tarkisti, että huoneessa oli kaikki hyvin.

Gregor avait tiré précipitamment encore plus fort sur le drap.

Gregor oli kiireesti vetänyt lakanan entistä tiukemmalle.

Bien que le drap-housse paraisse encore disposé au hasard.

Vaikka lakanat näyttivät edelleen sattumanvaraisesti järjestetyiltä.

Et ce n'est qu'alors qu'elle laissa sa mère entrer dans la pièce.

Ja vasta sitten hän päästi äitinsä sisään huoneeseen.

Gregor s'abstint également d'espionner sous le drap.

Gregor pidättäytyi myös vakoilemasta lakanan alta.

Il a décidé de ne pas voir sa mère cette fois-ci.

Hän päätti olla näkemättä äitiään tällä kertaa.

Gregor était déjà content qu'elle soit venue.

Gregor oli tyytyväinen, että hän oli ylipäätään tullut sisään.

«Entrez, vous ne pouvez pas le voir», dit la sœur.

"Tule sisään, et voi nähdä häntä", sanoi sisar.

Gregor supposa qu'elle tenait sa mère par la main.

Gregor oletti, että hän talutti äitiään kädestä.

Puis il entendit les deux femmes, faibles, déplacer les meubles.

Sitten hän kuuli kahden heikon naisen siirtelevän huonekaluja.

La sœur semblait s'attribuer la majeure partie du travail.

Sisko näytti tekevän suurimman osan työstä itselleen.

Sa mère craignait qu'elle ne s'épuise.

Hänen äitinsä pelkäsi, että tyttö rasittaisi itseään liikaa.

Mais la sœur n'a prêté aucune attention à ces avertissements.

Mutta sisar ei kiinnittänyt huomiota näihin varoituksiin.

Mais même après quinze minutes, les progrès étaient très lents.

Mutta jopa viidentoista minuutin jälkeen edistyminen oli hyvin hidasta.

Ils n'avaient pas réussi à déplacer les meubles très loin.

He eivät olleet onnistuneet siirtämään huonekaluja kovin pitkälle.

Ils commençaient lentement à ressentir un sentiment de défaite.

He alkoivat hitaasti tuntea tappion tunnetta.

La mère fut la première à reconnaître l'inutilité de la démarche.

Äiti myönsi ensimmäisenä turhuuden.

« Il vaudrait peut-être mieux laisser la boîte ici. »

"Ehkä olisi parempi jättää laatikko tähän."

« Le carton est trop lourd pour que nous puissions le déplacer plus loin. »

"Laatikko on liian painava, jotta voisimme siirtää sitä paljon pidemmälle."

« Et nous n'aurons pas terminé avant l'arrivée de votre père. »

"Emmekä saa sitä valmiiksi ennen kuin isäsi saapuu."

« Laisser la boîte ici lui barrerait encore plus le passage. »

"Laatikon jättäminen tänne tukkisi hänen tiensä vielä enemmän."

« Et pouvons-nous être sûrs de lui rendre service ? »

"Ja voimmeko olla varmoja, että teemme hänelle palveluksen?"

Ils commencèrent à penser que le contraire pourrait bien être vrai.

He alkoivat ajatella, että päinvastoin saattaisi hyvinkin olla totta.

La vue du mur vide lui pesait lourdement sur le cœur.

Tyhjän seinän näky painoi raskaasti hänen sydäntään.

Qui nous dit que Gregor ne ressentirait pas la même chose ?

Mitäpä sille, ettei Gregorkaan ajattelisi samoin?

«Il est déjà habitué aux meubles de sa chambre.»

"Hän on jo tottunut huoneensa huonekaluihin."

«Il pourrait se sentir encore plus abandonné dans une pièce vide.»

"Hän saattaa tuntea olonsa vieläkin hylätymmäksi tyhjässä huoneessa."

À ce moment-là, sa voix s'était presque réduite à un murmure.

Nyt hänen äänensä oli melkein kuiskaukseksi laskeutunut.

Elle ignorait en réalité où se trouvait exactement Gregor.

Hän ei oikeastaan tiennyt Gregorin tarkkaa olinpaikkaa.

Elle ne voulait même pas qu'il entende sa voix.

Hän ei halunnut hänen edes kuulevan hänen ääntään.

Bien qu'elle fût certaine qu'il ne la comprenait pas.

Vaikka hän oli varma, ettei mies ymmärtänyt häntä.

« N'aurait-on pas l'impression de l'avoir complètement abandonné ? »

"Eikö näyttäisi siltä, että olemme luopuneet hänestä kokonaan?"

«N'aura-t-il pas l'impression qu'on le laisse se débrouiller seul ?»

"Eikö hänestä tule tunnetta, että jätämme hänet yksin selviytymään?"

«Nous devrions laisser la pièce exactement comme elle était.»

"Meidän pitäisi jättää huone täsmälleen sellaisenaan."

« Gregor finira par nous revenir comme avant. »

"Lopulta Gregor palaa luoksemme sellaisena kuin hän oli."

«Alors il constatera que tout est encore à sa place.»

"Sitten hän huomaa, että kaikki on vielä paikoillaan."

« Et il oubliera beaucoup plus facilement la période intermédiaire. »

"Ja hän unohtaa välivaiheen paljon helpommin."

En entendant ces mots, Gregor réalisa quelque chose.

Kuullessaan nämä sanat Gregor tajusi jotakin.

Son esprit était devenu confus au cours des deux derniers mois.

Hänen mielensä oli ollut sekaisin viimeisten kahden kuukauden aikana.

Le manque d'interactions humaines ne lui avait pas fait de bien.

Ihmiskontaktien puute ei ollut tehnyt hänelle hyvää.

Il avait vraiment besoin de la vie monotone au sein de sa famille.
Hän todella tarvitsi yksitoikkoista elämää perheensä keskellä.
Pourquoi aurait-il formulé une demande aussi absurde autrement ?
Miksi muuten hän olisi esittänyt noin järjettömän vaatimuksen?
Quel sens pouvait-il y avoir à vider sa chambre ?
Mitä järkeä hänen huoneensa tyhjentämisessä oli?
La chambre confortable est meublée de meubles hérités.
Mukava huone, joka on sisustettu perinnöillä huonekaluilla.
Pourquoi voudrait-il transformer cette chaleur familière en une grotte ?
Miksi hän haluaisi muuttaa tämän tunnetun lämmön luolaksi?
Une grotte où il pouvait ramper en toute tranquillité dans toutes les directions.
Luola, jossa hän sai ryömiä rauhassa joka suuntaan.
Mais une grotte où il oublia rapidement son passé humain.
Mutta luola, jossa hän nopeasti unohti ihmismenneisyytensä.
Il se demandait s'il était déjà sur le point d'oublier.
Hänen täytyi miettiä, oliko hän jo lähellä unohtamista.
La voix de sa mère l'avait secoué et lui avait fait se souvenir.
Äidin ääni oli saanut hänet muistamaan.
La voix qu'il n'avait pas entendue depuis si longtemps.
Ääni, jota hän ei ollut kuullut niin pitkään aikaan.
Il ne fallait rien enlever ; tout devait rester.
Mitään ei saanut poistaa, kaiken piti jäädä.
Le mobilier a eu un effet positif sur son état.
Huonekalut vaikuttivat hänen vointiinsa positiivisesti.
Et il ne pouvait pas s'en sortir sans ce lien avec le passé.
Eikä hän selviäisi ilman tätä menneisyyden ankkuria.
Les meubles l'empêchaient de ramper sans but.
Huonekalut estivät hänen tajuttoman ryömimisensä ympäriinsä.
Mais ce n'était pas une perte ; c'était au contraire un grand avantage.
Mutta se ei ollut tappio, vaan pikemminkin suuri etu.

Malheureusement, sa sœur avait un avis très différent.
Valitettavasti sisko oli aivan eri mieltä.
Elle était en quelque sorte devenue la porte-parole de Gregor.
Hänestä oli tullut tavallaan Gregorin tiedottaja.
Bien sûr, son opinion n'était pas totalement injustifiée.
Hänen mielipiteensä ei tietenkään ollut täysin perusteeton.
Mais l'opinion de sa mère devait être contredite ici.
Mutta tässä kohtaa hänen äitinsä mielipide oli kumottava.
Il ne s'agissait plus seulement d'enlever la boîte.
Eikä nyt tarvinnut poistaa vain laatikkoa.
Son bureau et son armoire ne pouvaient pas rester en place non plus.
Hänen työpöytänsä ja vaatekaappinsa eivät myöskään voineet jäädä.
La seule chose indispensable était le canapé.
Ainoa välttämätön asia oli sohva.
Elle n'a pas pris cette décision par simple rébellion enfantine.
Hän ei tehnyt tätä päätöstä vain lapsellisen uhmakkuuden vuoksi.
Ce n'était pas non plus sa confiance en soi récemment acquise.
Eikä se johtunut hänen äskettäin hankkimastaan itseluottamuksesta.
La nouvelle confiance qu'elle avait acquise lui a permis de travailler si dur pour gagner.
Uusi itseluottamus, jonka voittamisen eteen hänen täytyi tehdä niin kovasti töitä.
Même si personne ne s'attendait à ce qu'elle y parvienne.
Vaikka kukaan ei olisi odottanut hänen pystyvän siihen.
Gregor avait vraiment besoin de beaucoup d'espace pour ramper.
Gregor todella tarvitsi paljon tilaa ryömiäkseen.
Le mobilier ne faisait que réduire l'espace dont il disposait.
Huonekalut rajoittivat vain hänen käytettävissään olevaa tilaa.
Elle était capable de mieux voir ces choses que sa mère.

Hän pystyi näkemään nämä asiat paremmin kuin äiti.
Mais peut-être que son esprit romantique a aussi joué un rôle.
Mutta kenties myös hänen romanttisella hengellään oli osuutta asiaan.
Les filles de cet âge acquièrent souvent un certain enthousiasme.
Tuon ikäiset tytöt saavat usein tietynlaista innostusta.
Et ils éprouvent le besoin d'obtenir ce qu'ils veulent chaque fois qu'ils le peuvent.
Ja heillä on tarve saada tahtonsa läpi aina kun mahdollista.
C'est peut-être pour cela qu'elle voulait le saboter en secret.
Ehkä juuri siksi hän halusi salaa sabotoida häntä.
Il est encore plus terrifiant lorsqu'il rampe sur les murs.
Hän on vieläkin pelottavampi ryömiessään seinillä.
Les parents n'osaient plus entrer dans la pièce.
Vanhemmat eivät uskaltaneet enää mennä huoneeseen.
Elle serait véritablement la seule à prendre soin de son frère.
Hän olisi todellakin veljensä ainoa huoltaja.
Elle ne laissa pas sa mère la persuader du contraire.
Hän ei antanut äitinsä suostutella itseään toisin.
La mère de Gregor se sentait déjà mal à l'aise dans la pièce.
Gregorin äiti tunsi olonsa jo levottomaksi huoneessa.
Elle cessa bientôt de parler et aida de nouveau sa fille.
Pian hän lopetti puhumisen ja auttoi tytärtään uudelleen.
Avec leurs forces restantes, ils ont enlevé l'armoire.
Jäljellä olevilla voimillaan he poistivat vaatekaapin.
La commode, il pouvait s'en passer.
Lipasto oli asia, josta hän ei voinut luopua.
Mais le bureau allait devoir rester en place pour le moment.
Mutta työpöytä oli saatava jäädä paikalleen toistaiseksi.
Pendant l'absence des femmes, il tenta d'évaluer la pièce.
Naisten ollessa poissa hän yritti arvioida huonetta.
Et Gregor passa la tête sous le canapé.
Ja Gregor kurkisti päänsä sohvan alta.
Il devait voir ce qu'il pouvait faire face à la situation.
Hänen oli pakko katsoa, mitä tilanteelle voisi tehdä.

Mais il a été aussi prudent et attentionné que possible.
Mutta hän oli niin varovainen ja huomaavainen kuin mahdollista.
Malheureusement, c'est la mère qui est revenue la première.
Valitettavasti äiti palasi ensimmäisenä.
Grete était encore en train de déplacer l'armoire dans la pièce voisine.
Grete siirteli yhä vaatekaappia viereisessä huoneessa.
Mais la mère n'était pas habituée à la vue de Gregor.
Mutta äiti ei ollut tottunut näkemään Gregoria.
Un simple aperçu de lui aurait pu la rendre malade.
Jo pelkkä vilaus hänestä olisi voinut tehdä hänet sairaaksi.
Gregor recula précipitamment jusqu'à l'autre bout du canapé.
Gregor kiiruhti taaksepäin sohvan toiseen päähän.
Mais il ne pouvait pas reculer et maintenir le drap en équilibre.
Mutta hän ei pystynyt liikkumaan taaksepäin ja tasapainottamaan lakanoita.
Ce mouvement suffit à attirer l'attention de la mère.
Liike riitti herättämään äidin huomion.
Elle marqua une pause et resta immobile un bref instant.
Hän pysähtyi ja seisoi aivan liikkumatta hetken.
Puis elle se retourna et sortit de la pièce.
Sitten hän kääntyi ympäri ja meni takaisin ulos huoneesta.
Gregor se répétait sans cesse que rien d'inhabituel ne s'était produit.
Gregor toisteli itselleen, ettei mitään epätavallista tapahtunut.
« Ce ne sont que quelques meubles qui ont été emportés. »
"Se on vain joitakin huonekaluja, jotka on viety pois."
Mais il dut bientôt admettre que ces événements l'avaient affecté.
Mutta pian hänen oli myönnettävä, että tapahtumat vaikuttivat häneen.
Les femmes disaient tout ce qu'elles faisaient.
Naiset olivat kertoneet kaiken, mitä he tekivät.
Ils faisaient des allers-retours dans la pièce.

He olivat kävelleet edestakaisin huoneessa.
Le bruit des meubles qui grattent le sol.
Kaikkien lattialla olevien huonekalujen raapiminen.
Il avait l'impression d'être assailli de toutes parts.
Hänestä tuntui kuin häntä hyökättäisiin joka puolelta.
Il replia sa tête et ses jambes aussi fort qu'il le put.
Hän veti päänsä ja jalkansa niin tiukasti sisään kuin pystyi.
De toutes ses forces, il plaqua son corps au sol.
Kaikella voimallaan hän painoi ruumiinsa maahan.
Il savait qu'il ne pourrait pas supporter tout cela encore longtemps.
Hän tiesi, ettei kestäisi tätä kaikkea enää kauaa.
Ils ont vidé sa chambre et ont pris tout ce qu'il aimait.
He tyhjensivät hänen huoneensa ja veivät kaiken, mitä hän rakasti.
Ils avaient déjà pris la boîte contenant tous ses outils.
He olivat jo ottaneet laatikon, joka sisälsi kaikki hänen työkalunsa.
Ils étaient en train de déloger son lourd bureau du sol.
Nyt he irrottivat hänen raskasta pöytäänsä maasta.
Le bureau sur lequel il avait travaillé en rentrant du travail.
Pöytä, jonka ääressä hän oli työskennellyt palattuaan töistä.
Le bureau sur lequel il avait noté ses missions professionnelles.
Pöytä, jolle hän oli kirjoittanut työtehtävänsä.
Le bureau sur lequel il avait fait ses devoirs au collège.
Pulpetti, jolla hän oli tehnyt läksynsä yläasteella.
Oui, il avait déjà eu ce bureau à l'école primaire.
Kyllä, hänellä oli ollut tämä pulpetti jo ala-asteella.
Il n'a vraiment pas eu le temps de vérifier leurs bonnes intentions.
Hänellä ei todellakaan ollut aikaa vahvistaa heidän hyviä aikomuksiaan.
Bien qu'il ait presque oublié leur présence.
Vaikka hän oli melkein unohtanut heidän olevan siellä joka tapauksessa.
Parce qu'ils travaillaient en silence, épuisés.

Koska he työskentelivät hiljaa uupumuksen vuoksi.
Ils étaient trop fatigués pour annoncer leurs mouvements maintenant.
He olivat liian väsyneitä ilmoittaakseen liikkeistään nyt.
Il n'entendait que leurs lourds pas sur le sol.
Hän kuuli vain heidän raskaat askeleensa lattialla.
À ce moment précis, ils étaient appuyés contre la boîte.
Juuri sillä hetkellä he nojasivat laatikkoa vasten.
Et c'est alors que Gregor est sorti de sous le canapé.
Ja silloin Gregor tuli esiin sohvan alta.
Il a changé de direction à quatre reprises.
Hän muutti juoksusuuntaansa neljä kertaa.
Il n'arrivait pas à se décider quel objet sauver en premier.
Hän ei osannut päättää, mikä esine olisi pitänyt pelastaa ensin.
Soudain, son attention fut attirée par le mur vide.
Yhtäkkiä hänen huomionsa kiinnittyi tyhjään seinään.
Ils ne lui avaient laissé que la photo de la dame en fourrure.
Hänelle oli jätetty vain kuva turkispuvun naisesta.
Il rampa jusqu'à la photo pour coller son corps contre le sien.
Hän ryömi kuvan luo painautuakseen ruumiillaan häntä vasten.
Et son corps masquait complètement la vue de la photo.
Ja hänen ruumiinsa peitti kokonaan kuvan näkymän.
Le verre le soutenait et apaisait son ventre brûlant.
Lasi kannatteli häntä ja helli hänen kuumaa vatsaansa.
On ne pouvait plus lui enlever cette photo.
Tätä kuvaa ei häneltä enää voitu ottaa.
Puis il tourna la tête vers la porte du salon.
Sitten hän käänsi päänsä olohuoneen ovea kohti.
Il allait les regarder retourner dans la pièce.
Hän aikoi katsoa, kun naiset palaisivat huoneeseen.
Et ils ne se reposèrent pas longtemps avant de revenir.
Eivätkä he levänneet kauan ennen kuin palasivat takaisin.
Grete avait le bras autour de sa mère pour l'aider à marcher.
Greten käsivarsi oli äitinsä ympärillä auttaakseen tätä kävelemään.

« Que prenons-nous maintenant ? » demanda Grete en regardant autour d'elle.

"Mitä me nyt otamme?" sanoi Grete ja katseli ympärilleen.

À ce moment précis, son regard croisa celui de Gregor.

Juuri sillä hetkellä hänen katseensa kohtasi Gregorin silmät.

Malgré le choc, elle a gardé son sang-froid.

Järkytyksestä huolimatta hän säilytti mielensä.

Probablement uniquement à cause de la présence de sa mère.

Todennäköisesti vain äitinsä läsnäolon ansiosta.

Elle pencha le visage vers sa mère, lui cachant la vue.

Hän kumartui äitiään kohti peittäen näkymän.

Et puis elle dit, d'une voix tremblante et sans réfléchir :

Ja sitten hän sanoi, vaikka vapisten ja ajattelematta:

«Allez, on ne devrait pas retourner au salon ?»

"No niin, eikö meidän pitäisi mennä takaisin olohuoneeseen?"

Gregor comprenait aisément les intentions de sa sœur.

Gregor ymmärsi helposti sisaren aikeet.

Sa priorité absolue était de mettre sa mère en sécurité.

Hänen ensimmäinen prioriteettinsa oli saada äitinsä turvaan.

Mais ensuite, elle allait le poursuivre depuis le mur.

Mutta sitten hän aikoi ajaa hänet alas muurilta.

« Eh bien, elle peut toujours essayer ! » pensa Gregor.

"No, hän voi toki yrittää!" Gregor ajatteli mielessään.

Il s'assit fermement sur son tableau et ne le lâcha pas.

Hän istui tiukasti kuvansa päällä eikä luopunut siitä.

Il aurait préféré sauter au visage de sa sœur.

Hän olisi mieluummin hypännyt siskon naamaan.

Mais les paroles de Grete avaient encore plus inquiété sa mère.

Mutta Greten sanat olivat huolestuttaneet hänen äitiään vielä enemmän.

Elle s'écarta pour voir ce qu'on lui cachait.

Hän astui sivuun nähdäkseen, mitä häneltä salattiin.

Et elle vit la tache brune sur le papier peint à fleurs.

Ja hän näki ruskean tahran kukkatapetissa.

Et elle a crié avant même de réaliser que c'était Gregor.

Ja hän huusi ennen kuin edes tajusi, että se oli Gregor.

« Oh mon Dieu ! » hurla-t-elle en tendant les bras.

"Voi luoja!" hän huusi kädet ojennettuina.

Et elle s'est effondrée sur le canapé comme si elle avait renoncé.

Ja hän kaatui sohvalle kuin olisi luovuttanut.

« Gregor ! » cria sa sœur en levant le poing.

"Gregor!" huusi sisar hänelle nyrkki kohotettuna.

Et elle lui lança un regard long, dur et pénétrant.

Ja hän loi häneen pitkän, kovan ja läpitunkevan katseen.

C'était la première fois qu'elle lui parlait directement.

Tämä oli ensimmäinen kerta, kun hän puhui hänelle suoraan.

Elle a couru dans la pièce voisine pour aller chercher des sels d'ammoniaque.

Hän juoksi viereiseen huoneeseen hakemaan tuoksusuoloja.

Elle devait ramener sa mère à la conscience.

Hänen täytyi saada äitinsä takaisin tajuihinsa.

Gregor voulait aider, il pourrait sauvegarder la photo plus tard.

Gregor halusi auttaa, hän voisi tallentaa kuvan myöhemmin.

Mais il s'était solidement collé à la vitre.

Mutta hän oli juuttunut tiukasti lasiin.

Il a donc dû s'arracher à ce point en utilisant beaucoup de force.

Niinpä hänen täytyi repiä itsensä irti käyttämällä paljon voimaa.

Il courut lui aussi dans la pièce voisine, où se trouvait sa sœur.

Hänkin juoksi viereiseen huoneeseen, jossa sisar oli.

Autrefois, il aurait pu lui donner quelques conseils.

Ennen vanhaan hän olisi voinut antaa hänelle neuvoja.

Mais à présent, il ne pouvait rien faire d'autre que rester là, impuissant, et regarder.

Mutta nyt hän ei voinut tehdä muuta kuin seistä toimettomana ja katsella.

Elle fouilla dans le tiroir, ouvrant diverses bouteilles.

Hän penkoi laatikkoa ja avasi erilaisia pulloja.

Et il lui faisait encore peur quand elle se retournait.
Ja hän pelotti häntä yhä, kun tämä kääntyi ympäri.
Une bouteille est tombée par terre, s'est cassée et a éclaté.
Pullo putosi lattialle, rikkoutui ja halkesi sirpaleiksi.
Un éclat de verre a frappé Gregor au visage et l'a blessé.
Lasinsirpale osui Gregorin kasvoihin ja haavoitti häntä.
La bouteille contenait une sorte de liquide caustique.
Pullo oli sisältänyt jonkinlaista syövyttävää nestettä.
Et maintenant, le liquide corrosif brûlait le visage de Gregor.
Ja nyt syövyttävä neste poltti Gregorin kasvoja.
Sa sœur, cependant, n'avait pas de temps à consacrer à Gregor pour le moment.
Siskolla ei kuitenkaan ollut aikaa Gregorille juuri nyt.
Elle ramassa autant de bouteilles qu'elle put.
Hän keräsi niin monta pulloa kuin pystyi.
Et elle est retournée en courant vers sa mère avec les médicaments.
Ja hän juoksi takaisin äitinsä luo lääkkeet mukanaan.
Elle claqua la porte du pied, empêchant Gregor d'entrer.
Hän paiskasi oven jalallaan kiinni sulkien Gregorin ulos.
Il était désormais coupé de sa mère, potentiellement mourante.
Hän oli nyt eristetty mahdollisesti kuolevasta äidistään.
S'il ouvrait la porte, il chasserait sa sœur.
Jos hän avaisi oven, hän ajaisi sisaren pois.
Mais bien sûr, elle devait rester pour s'occuper de sa mère.
Mutta tietenkin hänen täytyi jäädä huolehtimaan äidistä.
Il ne pouvait plus rien faire d'autre qu'attendre.
Hän ei voinut enää tehdä mitään muuta kuin odottaa heitä.
Rongé par les remords et l'anxiété, il se mit à ramper.
Itsesyytösten ja ahdistuksen vaivaamana hän alkoi ryömiä.
Il rampait partout : sur les murs, les meubles, le plafond.
Hän ryömi kaikkialla: seinillä, huonekaluilla, katolla.
Il avait l'impression que toute la pièce tournait autour de lui.
Hänestä tuntui kuin koko huone pyörisi hänen ympärillään.
Finalement, désespéré et pris de vertiges, il retomba.

Lopulta hän kaatui takaisin alas epätoivoissaan ja
huimauksessa.
**Et il est tombé directement sur la grande table de la salle à
manger.**
Ja hän putosi suoraan ison ruokapöydän päälle.
**Il resta allongé là un certain temps, engourdi et incapable de
bouger.**
Hän vietti jonkin aikaa maaten siinä, tunnottomana ja
kykenemättömänä liikkumaan.
Il était épuisé par tout ce que cette journée lui avait apporté.
Hän oli uupunut kaikesta, mitä tämä päivä oli hänelle tuonut.
Le silence régnait partout, mais c'était peut-être bon signe.
Hiljaista oli kaikkialla, mutta ehkä se oli hyvä merkki.
Puis, brisant le silence, la sonnette retentit à l'extérieur.
Sitten hiljaisuuden rikkoi ulkona soinut ovikello.
La bonne, bien sûr, s'était enfermée dans sa cuisine.
Palvelijatar oli tietenkin lukinnut itsensä keittiöönsä.
La sœur était donc la seule à pouvoir ouvrir la porte.
Joten sisko oli ainoa, joka pystyi avaamaan oven.
« Que s'est-il passé ? » fut la première question du père.
"Mitä tapahtui?" oli isän ensimmäinen kysymys.
L'apparence de Grete lui avait probablement tout dit.
Greten ulkonäkö oli luultavasti kertonut hänelle kaiken.
**La voix de Grete devint étouffée et monotone tandis qu'elle
parlait.**
Greten ääni vaimentui ja käheytyi hänen puhuessaan.
Elle a dû enfouir son visage contre la poitrine de son père.
Hänen täytyi painaa kasvonsa isänsä rintaa vasten.
**« Maman était inconsciente, mais elle va mieux maintenant.
»**
"Äiti oli tajuton, mutta hän voi nyt paremmin."
**« Gregor s'est échappé », a-t-elle ajouté, ce à quoi il
s'attendait.**
– Gregor on paennut, hän lisäsi, kuten Gregor oli
odottanutkin.
« Je vous l'ai toujours dit, il allait s'échapper un jour. »
"Olen aina sanonut sinulle, että hän jonain päivänä pakenee."

« Mais vous, les femmes, vous ne vouliez pas m'écouter,
n'est-ce pas ? »
"Mutta te naiset ette halunneet kuunnella minua, vai mitä?"
Gregor comprit rapidement comment son père verrait les
choses.
Gregor tajusi nopeasti, miten hänen isänsä näkisi asiat.
Il avait mal interprété le message trop bref de Grete.
Hän oli tulkinnut Greten liian lyhyen viestin väärin.
Il supposa que Gregor avait commis un acte de violence.
Hän oletti Gregorin tehneen jonkin väkivaltateon.
Gregor devait trouver un moyen d'apaiser son père d'une
manière ou d'une autre.
Gregorin täytyi jotenkin löytää keino lepyttää isäänsä.
Parce qu'il n'avait pas le temps de lui expliquer les choses.
Koska hänellä ei ollut aikaa selittää asioita hänelle.
Mais de toute façon, il n'aurait pas été capable d'expliquer
les choses.
Mutta ei hän olisi kuitenkaan pystynyt selittämään asioita.
Il s'est donc enfui vers la porte et s'y est plaqué.
Niinpä hän pakeni ovelle ja painautui sitä vasten.
Ainsi, son père pourrait le voir depuis l'antichambre.
Sillä tavalla hänen isänsä näki hänet eteisestä.
Et il pourrait constater qu'il avait les meilleures intentions.
Ja hän näkisi, että hänellä oli parhaat aikomukset.
Il n'était pas nécessaire de le repousser avec un balai.
Häntä ei tarvinnut työntää luudalla taaksepäin.
Il aurait suffi que le père ouvre la porte.
Isän olisi tarvinnut vain avata ovi.
Mais il n'était pas d'humeur à remarquer de telles subtilités.
Mutta hän ei ollut sillä tuulella, että olisi huomannut sellaisia
hienouksia.
« Te voilà ! » s'exclama-t-il dès qu'il entra.
"Siinäpä se!" hän huudahti heti astuttuaan sisään.
C'était comme s'il était à la fois en colère et heureux.
Oli kuin hän olisi ollut samaan aikaan sekä vihainen että
iloinen.
Il recula la tête et leva les yeux vers son père.

Hän nosti päänsä taakseen ja katsoi isää.
Il n'avait pas imaginé son père debout là, dans cette position.
Hän ei ollut kuvitellut isänsä seisovan siinä näin.
Mais ces derniers temps, il s'était trouvé une nouvelle distraction.
Mutta viime aikoina hän oli löytänyt uuden harrastuksen.
Ramper occupait désormais une grande partie de sa journée.
Ryömiminen vei nyt suuren osan hänen päivästään.
Auparavant, il se tenait au courant de toutes les nouvelles dans l'appartement.
Ennen hän piti kirjaa kaikista asunnon uutisista.
Mais ces derniers temps, il n'y avait pas prêté beaucoup d'attention.
Mutta hän ei ollut kiinnittänyt siihen viime aikoina niin paljon huomiota.
Il aurait dû se préparer à faire face aux changements.
Hänen olisi pitänyt olla valmis kohtaamaan muutoksia.
Pour autant, cet homme qui se tenait devant lui était-il encore son père ?
Oliko tämä mies kuitenkin edelleen isä ennen häntä?
Était-ce le même homme qui avait l'habitude de rester allongé, fatigué, dans son lit ?
Oliko hän sama mies, joka makasi väsyneenä sängyssään?
Alors que Gregor était déjà parti en voyage d'affaires.
Kun Gregor oli jo lähtenyt työmatkalle.
Était-ce le même homme qui le saluait le soir ?
Oliko hän sama mies, joka tervehti häntä iltaisin?
Lorsqu'il était en robe de chambre, dans son fauteuil.
Kun hän istui aamutakissaan nojatuolissaan.
Était-ce le même homme qui n'avait pas pu se lever pour l'accueillir ?
Oliko hän sama mies, joka ei pystynyt nousemaan ylös toivottamaan häntä tervetulleeksi?
Restant assis, il leva le bras en signe de joie.
Niinpä hän pysyi istumassa ja nosti kätensä ilon merkiksi.
Était-ce le même homme avec qui il faisait parfois des promenades ?

Oliko hän sama mies, jonka kanssa hän kävi silloin tällöin
kävelyillä?
**Exceptionnellement : quelques dimanches par an, ou les
jours fériés.**
Harvinaisissa tapauksissa: muutamana sunnuntaina vuodessa
tai pyhäpäivinä.
**Était-ce le même homme qui marchait, enveloppé dans son
pardessus ?**
Oliko hän sama mies, joka käveli päällystakkiinsa
kääriytyneenä?
S'est-il lentement avancé, entre la mère et lui ?
Työnsikö hän itseään hitaasti eteenpäin, äidin ja hänen
välissään?
Et ils marchaient déjà lentement à cause de lui.
Ja he kävelivät jo hitaasti hänen takiaan.
Mais à présent, cet homme se tenait droit et fort.
Mutta nyt tämä mies seisoi vahvana ja suorana.
Il portait un uniforme bleu à boutons dorés.
Hän oli pukeutunut siniseen univormuun, jossa oli kultaiset
napit.
**Les badges que portent les employés des institutions
bancaires.**
Pankkilaitosten palvelijoiden käyttämät napit.
**Au-dessus du col rigide, son double menton prononcé se
dessinait.**
Jäykän kauluksen yläpuolelta erottui hänen vahva
kaksoisleuka.
**Sous ses sourcils broussailleux, ses yeux noirs fixaient le
vide.**
Tuuheiden kulmakarvojensa alta pilkistivät mustat silmät.
À présent, ses yeux paraissaient perçants, frais et alertes.
Nyt hänen silmänsä näyttivät läpitunkevilta, raikkailta ja
valppailta.
**Les cheveux blancs, auparavant ébouriffés, étaient
désormais peignés.**
Aiemmin sekaisin olleet valkoiset hiukset kammattiin alas.

Et ses cheveux étaient désormais coiffés d'une raie centrale méticuleuse.
Ja hänen hiuksissaan oli nyt huolellinen keskijakaus.
Il jeta son chapeau, orné d'un monogramme en or.
Hän heitti hatunsa, johon oli kiinnitetty kultainen monogrammi.
Il s'agissait probablement du monogramme de la banque pour laquelle il travaillait.
Se oli luultavasti sen pankin monogrammi, jossa hän työskenteli.
Et le chapeau atterrit sur le canapé, pour être rangé plus tard.
Ja hattu laskeutui sohvalle, laitettavaksi myöhemmin pois.
Il repoussa le bas de sa longue veste d'uniforme.
Hän työnsi pitkän univormutakkinsa helman taaksepäin.
Et il mit ses pouces dans les poches de son pantalon.
Ja hän työnsi peukalonsa housujensa taskuihin.
Puis, le visage sombre, il s'avança vers Gregor.
Ja sitten hän käveli synkkänä Gregoria kohti.
Il ne savait probablement même pas ce qu'il comptait faire.
Todennäköisesti hän ei edes tiennyt, mitä aikoi tehdä.
Mais il leva néanmoins les pieds exceptionnellement haut.
Mutta hän nosti jalkansa epätavallisen korkealle.
Gregor était stupéfait par la taille énorme de ses bottes.
Gregor oli hämmästynyt saappaidensa valtavasta koosta.
Mais il n'y avait vraiment pas le temps de s'extasier devant ses chaussures.
Mutta aikaa ei todellakaan ollut ihmetellä hänen kenkiään.
Le père avait opté pour une discipline très stricte.
Isä oli päättänyt noudattaa erittäin tiukkaa kurinpitoa.
Seule la plus grande sévérité convenait à Gregor.
Vain suurin ankaruus oli sopivaa Gregorille.
Il le savait dès le premier jour de sa transformation.
Hän tiesi tämän muodonmuutoksensa ensimmäisestä päivästä lähtien.
Il courut vers son père et s'arrêta quand celui-ci s'arrêta.
Hän juoksi isänsä luo ja pysähtyi, kun tämä pysähtyi.

Il se précipita de nouveau vers lui lorsqu'il bougea à
nouveau.
Hän kiiruhti häntä kohti, kun tämä liikkui uudelleen.
Le père marqua une pause, et Gregor fit de même.
Isä pysähtyi hetkeksi, ja niin teki Gregorkin.
Et il se précipita de nouveau en avant dès que son père eut
bougé.
Ja hän ryntäsi taas eteenpäin heti isänsä liikahdettua.
Ils firent ainsi plusieurs fois le tour de la pièce.
Tällä tavoin he kiersivät huoneen useita kertoja.
Aucun avantage décisif n'avait encore été obtenu par qui
que ce soit.
Kukaan ei ollut vielä saavuttanut ratkaisevaa etulyöntiasemaa.
On n'aurait pas pu avoir l'impression d'une poursuite.
Ei olisi voinut saada sellaista vaikutelmaa, että kyseessä olisi
ollut takaa-ajo.
Parce que tout l'événement se déroulait beaucoup trop
lentement.
Koska koko tapahtuma eteni aivan liian hitaasti.
Gregor avait décidé de rester au sol.
Gregor oli päättänyt jäädä maan pinnalle.
Il aurait pu courir le long des murs et du plafond.
Hän olisi voinut juosta seiniä ylös ja kattoa pitkin.
Mais il ne voulait pas provoquer inutilement le père.
Mutta hän ei halunnut ärsyttää isää tarpeettomasti.
Une telle évasion aurait pu paraître particulièrement
perverse.
Tällainen pako olisi voinut tuntua erityisen ilkeältä.
Gregor admit que cette poursuite ne pourrait pas durer
beaucoup plus longtemps.
Gregor myönsi, ettei takaa-ajo voisi kestää enää kauan.
Chaque étape nécessitait une myriade de mouvements.
Jokainen askel piti kohdata lukemattomilla liikkeillä.
Il commençait déjà à avoir le souffle court.
Hän alkoi jo tuntea hengenahdistusta.
Même avant cela, il n'avait jamais eu des poumons
totalement fiables.

Jo ennenkin hänellä ei ollut täysin luotettavia keuhkoja.
Il avançait en titubant, économisant ses forces pour la course.
Hän horjahti eteenpäin säästäen voimia juoksua varten.
Il était si fatigué qu'il avait du mal à garder les yeux ouverts.
Hän oli niin väsynyt, ettei hän pystynyt pitämään silmiään auki.
Ses pensées étaient devenues trop lentes pour qu'il puisse envisager d'autres solutions.
Hänen ajatuksensa hidastuivat liian hitaasti keksiäkseen muita pakokeinoja.
Il avait presque oublié que les murs étaient à sa disposition.
Hän oli melkein unohtanut, että seinät olivat hänen käytettävissään.
Mais les murs étaient de toute façon dissimulés derrière des meubles.
Mutta seinät olivat joka tapauksessa huonekalujen takana.
Et les meubles avaient trop d'encoches et de saillies.
Ja huonekaluissa oli liikaa lovia ja ulkonemia.
Et puis, juste à côté de lui, en roulant, il y avait une pomme.
Ja sitten, aivan hänen vieressään, vierimässä, oli omena.
Il réalisa que la pomme avait dû lui être lancée.
Omena oli varmaan heitetty häntä kohti, hän tajusi.
Mais il n'eut pas le temps de réfléchir qu'une autre pomme arriva.
Mutta hänellä ei ollut aikaa miettiä, ennen kuin uusi omena tuli.
Gregor resta figé, sous le choc de la nouvelle stratégie de son père.
Gregor jähmettyi järkyttyneeksi isän uudesta strategiasta.
Il ne pouvait plus rien gagner à essayer de fuir.
Hän ei enää saanut mitään irti juoksemisesta.
Le père avait décidé de le bombarder de fruits.
Isä oli päättänyt pommittaa häntä hedelmillä.
Il avait rempli ses poches avec les fruits du bol de la cuisine.
Hän oli täyttänyt taskunsa keittiön hedelmäkulhosta.
Sans viser particulièrement, il lançait pomme après pomme.

Ilman erityistä tähtäämistä hän heitteli omenaa omenan perään.

Ces petites pommes rouges roulaient sur le sol.

Nämä pienet punaiset omenat pyörivät maassa.

Comme électrifiées, les pommes se heurtèrent les unes aux autres.

Kuin sähköistyneinä omenat törmäsivät toisiinsa.

Une des pommes, lancée mollement, a effleuré le dos de Gregor.

Yksi heikosti heitetyistä omenoista raapaisi Gregorin selkää.

Heureusement pour lui, la pomme a glissé sans le blesser.

Onneksi omena liukui pois vaarattomana.

Cependant, la pomme lancée ensuite était plus précise.

Jälkeenpäin heitetty omena oli kuitenkin tarkempi.

Et cette pomme s'est logée profondément dans le dos de Gregor.

Ja tämä omena juuttui syvälle Gregorin selkään.

Gregor voulait s'éloigner de la douleur.

Gregor halusi raahata itsensä pois kivun keskeltä.

Peut-être pourrait-on échapper à cette nouvelle douleur inimaginable.

Ehkä tämä uusi, uskomaton kipu voitaisiin välttää.

Un changement d'endroit pourrait peut-être soulager son supplice.

Ehkä paikanvaihto helpottaisi hänen tuskaansa.

Mais il avait l'impression d'être cloué au sol.

Mutta hänestä tuntui kuin hänet olisi naulittu lattiaan.

Il s'étira, mais seulement à cause de sa confusion.

Hän venytti itsensä, mutta vain hämmennyksensä vuoksi.

Ce n'est qu'à son dernier regard qu'il vit la porte s'ouvrir.

Vasta viimeisellä silmäyksellään hän näki oven avautuvan.

La mère s'est précipitée devant sa sœur qui hurlait.

Äiti ryntäsi huutavan sisaren eteen.

Sa sœur l'avait déshabillée, elle était donc encore en chemise.

Sisko oli riisunut hänet, joten hänellä oli yllään paita.

Elle avait besoin de respirer pendant son inconscience.

Hän oli tarvinnut hengähdystauon tajuttomuudessaan.

Il voyait encore la mère courir vers le père.

Hän näki yhä, kuinka äiti juoksi isää kohti.

Ses jupes glissèrent au sol, l'une après l'autre.

Hänen hameensa valuivat maahan yksi toisensa jälkeen.

Il la vit s'approcher du père et trébucher sur sa jupe.

Hän näki tytön lähestyvän isää ja kompastuvan tämän hameeseen.

L'enlaçant, elle demanda qu'on épargne la vie de Gregor.

Hän syleili häntä ja pyysi Gregorin hengen säästämistä.

En parfaite harmonie avec son corps, sa vue s'est éteinte.

Täydellisessä yhteydessä ruumiiseensa hänen näkönsä petti.

Troisième partie
Kolmas osa

Gregor a souffert de cette grave blessure pendant plus d'un mois.

Gregor kärsi vakavasta vammasta yli kuukauden ajan.

La pomme restait incrustée ; personne n'osait l'enlever.

Omena pysyi maassa; kukaan ei uskaltanut poistaa sitä.

La pomme restait plantée dans sa chair comme un rappel visible.

Omena pysyi hänen lihassaan näkyvänä muistutuksena.

Mais la pomme servait aussi de rappel au père.

Mutta omena toimi myös muistutuksena isälle.

Il comprit que Gregor ne devait pas être traité comme un ennemi.

Hän ymmärsi, ettei Gregoria pitäisi kohdella vihollisena.

Actuellement, son apparence pourrait être triste et repoussante.

Tällä hetkellä hänen olemuksensa saattaa olla surullinen ja vastenmielinen.

Mais il restait néanmoins un membre de leur famille.

Mutta siitä huolimatta hän oli edelleen heidän perheenjäsenensä.

Il a fallu accepter et tolérer cette réticence.

Vastahakoisuus oli nieltävä ja siedettävä.

En raison de sa blessure, il risque fort de perdre sa mobilité à jamais.

Vamman vuoksi hänen liikuntakykynsä voi hyvinkin olla menetetty ikuisiksi ajoiksi.

Il continuait à ramper dans sa chambre, mais beaucoup plus lentement.

Hän ryömi edelleen huoneessaan, mutta paljon hitaammin.

Ramper à une quelconque hauteur était hors de question.

Millään korkeudella ryömiminen oli täysin mahdotonta.

Mais Gregor a bien reçu une forme de compensation.

Mutta Gregor sai jonkinlaisen korvauksen.

Le soir, la porte du salon lui fut ouverte.

Illalla olohuoneen ovi avattiin hänelle.
Et il estimait que ces réparations étaient tout à fait adéquates.
Ja hän piti näitä korvauksia täysin riittävinä.
Avant le soir, il avait déjà commencé à surveiller la porte.
Ennen iltaa hän alkoi jo tarkkailla ovea.
Il était allongé dans l'obscurité, invisible depuis le salon.
Hän makasi pimeydessä, näkymätön olohuoneesta.
Il pouvait voir toute la famille à la table illuminée.
Hän näki koko perheen valaistun pöydän ääressä.
Il était désormais autorisé à écouter leurs conversations.
Hänen sallittiin nyt kuunnella heidän keskustelujaan.
C'était très différent de leur arrangement précédent.
Tämä oli aivan erilainen kuin heidän aiempi järjestelynsä.
Les conversations animées d'autrefois étaient terminées.
Aiempien aikojen vilkas keskustelu oli ohi.
C'étaient ces conversations qu'il désirait tant.
Näitä keskusteluja hän oli odottanut.
Lorsqu'il dormait seul dans de petites chambres d'hôtel.
Kun hän nukkui yksin pienissä hotellihuoneissa.
Quand il a dû se jeter dans les draps humides.
Kun hänen täytyi heittäytyä kosteisiin lakanoihin.
Mais les soirées étaient désormais généralement calmes et sans incident.
Mutta illat olivat nyt enimmäkseen hiljaisia ja tapahtumaköyhiä.
Le père s'est endormi dans son fauteuil après le dîner.
Isä nukahti nojatuoliinsa illallisen jälkeen.
Et la mère et la sœur s'exhortaient mutuellement à se taire.
Ja äiti ja sisko kehottivat toisiaan olemaan hiljaa.
La mère, penchée très haut sur la lampe, cousait du lin.
Äiti, nojaten kauas valon yli, ompeli pellavaa.
Elle confectionne maintenant des robes pour l'un des magasins de mode.
Hän tekee nykyään mekkoja yhdelle muotiliikkeistä.
Comme Gregor, sa sœur avait trouvé un emploi de vendeuse.

Gregorin tavoin sisar oli ottanut vastaan työpaikan myyjänä.
Elle apprenait la sténographie et le français le soir.
Hän opetti iltaisin pikakirjoitusta ja ranskaa.
Afin qu'elle puisse peut-être obtenir un meilleur poste plus tard.
Jotta hän voisi myöhemmin saada paremman työpaikan.
Parfois, le père se réveillait de sa sieste du soir.
Isä heräili joskus iltapäiväunilta.
« Chérie, tu as déjà cousu tellement longtemps aujourd'hui ! »
"Kulta, oletpa ommellut jo niin kauan tänään!"
Il semblait avoir oublié qu'il dormait.
Hän näytti unohtaneen nukkuneensa.
Mais il retombait aussitôt dans son sommeil.
Mutta hän vaipui heti takaisin uneensa.
Et la mère et la sœur s'échangèrent un sourire las.
Ja äiti ja sisko hymyilivät väsyneesti toisilleen.
Le père avait développé une étrange nouvelle obstination.
Isälle oli kehittynyt uusi outo itsepäisyys.
Même chez lui, il refusait d'enlever son uniforme de domestique.
Kotonakaan hän kieltäytyi riisumasta palvelijan univormuaan.
Et son peignoir pendait inutilement sur le cintre.
Ja hänen aamutakkinsa roikkui turhaan henkarissa.
Le père dormit donc, tout habillé, dans son fauteuil.
Niinpä isä nukkui täysin pukeutuneena nojatuolissaan.
C'était comme s'il était toujours prêt à rendre service.
Oli kuin hän olisi aina ollut valmis tekemään palveluksensa.
Comme s'il attendait simplement la voix de son supérieur.
Aivan kuin hän olisi vain odottanut esimiehensä ääntä.
Cela a eu pour conséquence que son uniforme a perdu sa propreté.
Tämä johti siihen, että hänen univormunsa menetti puhtautensa.
Bien que l'uniforme ne fût pas neuf lorsqu'il l'a reçu.
Vaikka univormu ei ollut uusikaan, kun hän sen sai.

Et la mère faisait de son mieux pour prendre soin de
l'uniforme.
Ja äiti teki parhaansa pitääkseen univormua kunnossa.
Gregor passait des soirées entières à contempler cet
uniforme.
Gregor vietti kokonaisia iltoja katsellen tätä univormua.
Il observa le vieil homme dormir très mal.
Hän katseli, kuinka vanha mies nukkui erittäin epämukavasti.
Mais dans son sommeil, il remarqua aussi quelque chose de
paisible.
Mutta unissaan hän huomasi myös jotain rauhoittavaa.
Lorsque l'horloge a sonné dix heures, la mère a essayé de le
réveiller.
Kun kello löi kymmenen, äiti yritti herättää hänet.
Elle lui parla doucement et le persuada d'aller se coucher.
Hän puhui hiljaa ja suostutteli miehen menemään
nukkumaan.
Parce que dormir sur un fauteuil, ce n'était pas du vrai
sommeil.
Koska nojatuolissa nukkuminen ei ollut oikeaa unta.
Il allait devoir commencer à travailler à six heures.
Hänen oli määrä aloittaa työt kuudelta.
Il avait donc vraiment besoin de dormir le mieux possible.
Joten hänen todella piti saada nukkua mahdollisimman hyvin.
Mais il était pris d'une nouvelle forme d'obstination.
Mutta hänet oli vallannut uudenlainen itsepäisyys.
Le fait de devenir serviteur avait commencé à avoir cet effet
sur lui.
Palvelijaksi tuleminen oli alkanut vaikuttaa häneen tällä
tavalla.
Il insistait donc toujours pour rester plus longtemps à table.
Niinpä hän halusi aina viipyä pöydässä pidempään.
Bien qu'il se rendormît régulièrement dans son fauteuil.
Vaikka hän nukahti säännöllisesti tuoliinsa uudelleen.
Et il ne pouvait être déplacé qu'avec la plus grande
difficulté.
Ja häntä voitiin liikuttaa vain äärimmäisen vaivoin.

Il a fallu lui dire que ce lit lui conviendrait mieux.
Hänelle piti kertoa, että sänky olisi hänelle parempi.
La mère et la sœur ont dû insister, malgré quelques avertissements.
Äidin ja sisaren täytyi vaatia pienin varoituksin.
Pendant quinze minutes, il se contenta de secouer lentement la tête.
Viidentoista minuutin ajan hän vain pudisti hitaasti päätään.
Et il garda les yeux fermés et refusa de se lever.
Ja hän piti silmänsä kiinni eikä suostunut nousemaan ylös.
La mère tira doucement, mais fermement, sur sa manche.
Äiti nykäisi häntä hihasta hellästi mutta lujasti.
Et elle lui murmurait des mots flatteurs à l'oreille, encore fatiguée.
Ja hän kuiskasi imartelevia sanoja hänen väsyneisiin korviinsa.
La sœur a interrompu sa tâche pour aider sa mère.
Sisko jätti tehtävänsä auttaakseen äitiään.
Mais aucun de leurs efforts n'a fonctionné sur le père.
Mutta yksikään heidän ponnisteluistaan ei tehonnut isään.
Il s'enfonça encore plus profondément dans son fauteuil, prêt à dormir.
Hän vajosi vielä syvemmälle tuoliinsa, valmistautuneena nukkumaan.
Et finalement, les femmes l'ont attrapé sous les aisselles.
Ja lopuksi naiset tarttuivat häntä kainaloihin.
Il ouvrit les yeux et les regarda tour à tour.
Hän avasi silmänsä ja katsoi niitä vuorotellen.
« Quelle vie ! » se plaignit-il en allant se coucher.
"Millaista elämää tämä onkaan", hän valitti mennessään nukkumaan.
« Est-ce là la paix qui m'a été accordée dans ma vieillesse ? »
"Onko tämä se rauha, jonka olen saanut vanhuudessani?"
Mais alors, s'appuyant sur les deux femmes, il se leva maladroitement.
Mutta sitten hän nojasi kömpelösti kahteen naiseen ja nousi seisomaan.

Il agissait comme s'il portait le fardeau le plus lourd.
Hän käyttäytyi aivan kuin kantaisi raskainta taakkaa.
Il laissa les deux femmes le conduire au fond de la pièce.
Hän antoi kahden naisen johdattaa hänet huoneen perälle.
Là, il leur souhaita bonne nuit et poursuivit son chemin seul.
Siellä hän toivotti heille hyvää yötä ja jatkoi matkaansa omin
päin.
Mais la mère jeta précipitamment son nécessaire à couture.
Mutta äiti heitti kiireesti ompeluvälineensä alas.
Et la sœur posa elle aussi le stylo et le bloc-notes.
Ja sisko laski myös kynän ja muistikirjan alas.
Et ils coururent derrière le père pour l'aider davantage.
Ja he juoksivat isän perässä auttaakseen häntä eteenpäin.
**Qui, dans cette famille surmenée, avait du temps à consacrer
à Gregor ?**
Kenellä tässä ylityöllistetyssä perheessä oli aikaa Gregorille?
Qui aurait pu lui accorder plus d'attention que nécessaire ?
Kuka olisi voinut antaa hänelle enemmän huomiota kuin olisi
tarvinnut?
Le budget des ménages est devenu de plus en plus restreint.
Kotitalouden budjetti kävi yhä tiukemmaksi.
**Finalement, pour faire des économies, ils ont dû licencier la
bonne.**
Lopulta heidän oli rahan säästämiseksi erotettava piika.
**Elle fut remplacée par une femme à la carrure imposante et
aux cheveux blancs.**
Hänet korvattiin paksuluuisella, valkotukkaisella naisella.
Mais cette femme ne venait que le matin et le soir.
Mutta tämä nainen tuli vain aamuisin ja iltaisin.
**Et tout le travail le plus lourd et le plus pénible lui avait été
réservé.**
Ja kaikki raskain ja vaikein työ oli tallennettu hänelle.
**Toutes les autres tâches ménagères étaient prises en charge
par la mère.**
Kaikki muut kotityöt hoiti äiti.
**Il est même arrivé que plusieurs bijoux de famille soient
vendus.**

Sattui jopa, että erilaisia perheen koruja myytiin.

Des bijoux que les femmes avaient portés avec joie lors des festivités.

Koruja, joita naiset olivat iloisesti käyttäneet juhlien aikana.

Gregor a appris cela lors d'une discussion générale.

Gregor oppi tämän yhdestä yleisestä keskustelusta.

Le principal grief, cependant, portait sur autre chose.

Suurin valituksen aihe oli kuitenkin aivan muu.

L'appartement était trop grand, mais ils ne pouvaient pas déménager.

Asunto oli liian iso, mutta he eivät päässeet muuttamaan pois.

Il était impossible de déplacer Gregor.

He eivät olisi mitenkään voineet siirtää Gregoria.

Mais Gregor comprit que ce n'était pas seulement une question de considération.

Mutta Gregor tajusi, ettei kyse ollut vain harkinnasta.

Quelque chose d'autre les a empêchés de déménager ailleurs.

Jokin muu esti heitä muuttamasta muualle.

Il aurait facilement pu être transporté dans une caisse appropriée.

Hänet olisi voitu helposti kuljettaa sopivassa laatikossa.

Leur sentiment de désespoir total les a paralysés.

Heidän täydellisen toivottomuuden tunteensa pidättelivät heitä.

Ils ne voulaient pas admettre que le malheur les avait frappés.

He eivät halunneet myöntää, että heitä oli kohdannut epäonni.

Ils ont accompli ce que le monde exige des pauvres.

Mitä maailma köyhiltä vaatii, sen he täyttivät.

Le père a apporté le petit déjeuner au jeune employé de banque.

Isä haki aamiaisen pienelle pankkivirkailijalle.

La mère s'est sacrifiée pour laver le linge d'inconnus.

Äiti uhrasi itsensä vieraiden ihmisten pyykkien vuoksi.

La sœur faisait des allers-retours pour prendre les commandes des clients.

Sisko juoksi edestakaisin asiakkaiden tilausten perässä.

Mais ils n'avaient tout simplement plus la force d'en faire plus.

Mutta heillä ei vain ollut voimia tehdä enempää.

La blessure dans le dos de Gregor commença à le faire encore plus souffrir.

Gregorin selässä oleva haava alkoi sattua entistä enemmän.

Chaque soir, la mère et la sœur amenaient le père au lit.

Joka ilta äiti ja sisko toivat isän nukkumaan.

Ils laissèrent leur travail où il était et s'assirent ensemble.

He jättivät työnsä siihen, mihin se oli, ja istuivat yhdessä.

Ils se rapprochèrent et s'assirent joue contre joue.

Ja he siirtyivät lähemmäs toisiaan ja istuivat poski poskea vasten.

La mère désigna la pièce d'où il observait.

Äiti osoitti huonetta, josta mies katseli.

« Pourriez-vous fermer la porte ? » demanda-t-elle à sa sœur.

"Voisitko sulkea oven?" hän kysyi siskolta.

Et Gregor se retrouva de nouveau seul dans le noir.

Ja sitten Gregor jäi taas yksin pimeyteen.

Et dans la pièce voisine, la femme mêla leurs larmes.

Ja viereisessä huoneessa nainen sekoitti heidän kyyneleensä.

Ou bien ils restaient assis, les yeux secs, fixant simplement la table.

Tai he istuivat kuivin silmin ja vain tuijottivat pöytää.

Gregor ne dormait pratiquement pas, ni la nuit ni le jour.

Gregor nukkui tuskin lainkaan, ei yöllä eikä päivällä.

Il réfléchissait souvent à la façon dont il pourrait aider sa famille.

Hän mietti usein, miten voisi auttaa perhettään.

Il songea à gagner à nouveau de l'argent pour eux.

Hän ajatteli ansaita heille rahat uudelleen.

Il songea à faire ce qu'il faisait autrefois pour eux.

Hän ajatteli tekevänsä heidän hyväkseen sitä, mitä hän ennen teki.

Le représentant autorisé lui revint dans ses pensées.

Ajatuksissaan valtuutettu edustaja palasi.

Et cette fois, le patron est également venu à l'appartement.
Ja tällä kertaa pomo tuli myös asuntoon.
Et les commis et les apprentis étaient là aussi.
Ja kirjurit ja oppipojat olivat myös siellä.
Même le domestique un peu simplet est venu le voir.
Jopa hidasälyinen toimistovirkailija tuli tapaamaan häntä.
Il y avait deux ou trois amis d'autres entreprises.
Mukana oli pari kolme ystävää muista yrityksistä.
Une des femmes de chambre d'un hôtel de province.
Yksi hotellin palvelijoista maakunnassa.
**Un souvenir précieux et fugace auquel il s'efforçait de
s'accrocher.**
Rakas ja katoava muisto, josta hän yritti pitää kiinni.
**Une caissière d'une chapellerie pour laquelle il avait des
intentions.**
Hattukaupan kassa, jota kohtaan hänellä oli aikomuksia.
Mais il avait été un peu trop lent à obtenir son approbation.
Mutta hän oli ollut hieman liian hidas saamaan hänen
hyväksyntänsä.
Ils lui apparurent tous, mêlés à des inconnus.
Ne kaikki ilmestyivät hänen ajatuksiinsa, sekoittuneina
vieraiden kanssa.
Et d'autres n'apparurent pas ; ils étaient déjà oubliés.
Eikä muita näkynyt; heidät oli jo unohdettu.
Mais ils ne l'ont pas aidé, ni lui, ni sa famille.
Mutta he eivät auttaneet häntä eivätkä perhettä.
**Ils étaient inaccessibles, et il était content quand ils sont
partis.**
He olivat saavuttamattomissa, ja hän oli iloinen heidän
lähtiessään.
Il n'était pas toujours d'humeur à se soucier de sa famille.
Hän ei aina ollut sillä tuulella, että olisi murehtinut perheensä
puolesta.
Et il était rempli de rage à cause de ce manque d'attention.
Ja hän oli täynnä raivoa huomion puutteesta.
Et il ne pouvait imaginer rien qui puisse lui faire envie.

Eikä hän voinut kuvitella mitään, mihin hänellä olisi ollut
halua.
**Mais il avait tout de même prévu de cambrioler le garde-
manger.**
Mutta hän suunnitteli silti ruokakomeroon murtautumista.
Et il allait prendre tout ce qui lui était dû.
Ja hän aikoi ottaa kaiken, minkä ansaitsi.
Sa sœur ne faisait plus aucun effort particulier pour lui.
Sisko ei enää tehnyt mitään erityistä ponnistelua hänen
hyväkseen.
Elle ne consacrait plus de temps à chercher à lui plaire.
Hän ei enää käyttänyt aikaa miettiäkseen hänen
miellyttämistään.
**Avant d'aller travailler, elle a rapidement glissé de la
nourriture dans la pièce.**
Ennen töitä hän työnsi nopeasti ruokaa huoneeseen.
Et le soir venu, elle a rapidement ramassé les restes.
Ja illalla hän lakaisi ruoan nopeasti taas ylös.
Elle ne faisait plus attention à savoir s'il avait mangé ou non.
Oliko hän syönyt vai ei, hän ei enää huomannut.
Le plus souvent, la nourriture restait intacte.
Ruoka jätettiin nykyään useimmiten koskemattomaksi.
Elle continuait de traverser la pièce rapidement le soir.
Hän pyyhkäisi huoneen läpi nopeasti illalla.
**Mais maintenant, elle se contentait du strict minimum, aussi
vite que possible.**
Mutta nyt hän teki vain välttämättömän, niin nopeasti kuin
mahdollista.
Des traînées de saleté jonchaient les murs.
Seinille jäi likaisia juovia.
Des boules de poussière et de détritus jonchaient le sol.
Lattialle jäi pöly- ja roskapalloja.
**Gregor manifesta son désapprobation face à son manque
d'attention.**
Gregor osoitti paheksuntansa hänen välinpitämättömyyttään.
Il se tourna selon un angle particulièrement significatif.
Hän käänsi itsensä erityisen merkittävään kulmaan.

Mais il aurait pu rester à ce poste pendant des semaines.
Mutta hän olisi voinut pysyä asemassa viikkoja.
Sa sœur n'aurait pas remarqué son mécontentement.
Hänen sisarensa ei olisi huomannut hänen
tyytymättömyyttään.
Elle voyait la saleté aussi bien que lui, voire mieux.
Hän näki lian yhtä hyvin kuin hänkin, ellei paremmin.
Mais elle avait décidé de laisser la saleté où elle était.
Mutta hän oli päättänyt jättää lian paikoilleen.
À cette époque, elle a développé une sensibilité totalement nouvelle.
Tuolloin hän omaksui täysin uuden herkkyyden.
Elle s'était donné pour mission de nettoyer la chambre de Gregor.
Hän oli ottanut Gregorin huoneen siivoamisen vastuulleen.
La famille a été touchée par sa gentillesse et sa prévenance.
Perhe oli liikuttunut hänen ystävällisestä
huomaavaisuudestaan.
Une fois, sa mère avait nettoyé sa chambre de fond en comble.
Kerran äiti oli siivonnut hänen huoneensa perusteellisesti.
Ce n'est qu'après avoir utilisé plusieurs seaux d'eau qu'elle a réussi.
Vasta käytettyään muutaman ämpärillisen vettä hän onnistui.
Cependant, l'humidité nouvelle dans la pièce a nui à Gregor.
Huoneen uusi kosteus kuitenkin vahingoitti Gregoria.
Et il gisait, étendu de tout son long, amer et immobile sur le canapé.
Ja hän makasi leveänä, katkerana ja liikkumattomana sohvalla.
Mais ce n'était que sa première punition pour avoir aidé.
Mutta se oli vasta hänen ensimmäinen rangaistuksensa
auttamisesta.
La sœur remarqua rapidement le changement dans la chambre de Gregor.
Sisko huomasi nopeasti muutoksen Gregorin huoneessa.
Et elle s'est précipitée dans le salon, extrêmement insultée.
Ja hän juoksi olohuoneeseen äärimmäisen loukkaantuneena.

Sa mère leva les mains et tenta de la supplier.
Hänen äitinsä nosti kätensä ja yritti pyytää häntä.
Mais malgré une explication sincère, elle a éclaté en sanglots.
Mutta vilpittömästä selityksestä huolimatta hän puhkesi itkuun.
Le père, bien sûr, sursauta et se leva de sa chaise.
Isä tietenkin säpsähti tuolistaan.
Et les deux parents regardaient, stupéfaits et impuissants.
Ja kaksi vanhempaa katsoivat hämmästyneinä ja avuttomina.
Et finalement, leurs émotions s'agitèrent elles aussi.
Ja lopulta heidän tunteensakin kiihtyivät.
Le père a reproché à la mère ce qu'elle avait fait.
Isä moitti äitiä siitä, mitä tämä oli tehnyt.
« Tu aurais dû laisser la chambre à Grete pour qu'elle la nettoie. »
"Sinun olisi pitänyt jättää huone Greten siivottavaksi."
Grete a crié sur sa mère parce qu'elle avait nettoyé sa chambre.
Grete huusi äidille, koska tämä siivosi hänen huoneensa.
«Tu n'as plus jamais le droit de nettoyer sa chambre !»
"Et saa enää koskaan siivota hänen huonettaan!"
La mère a essayé d'entraîner le père dans la chambre.
Äiti yritti raahata isää makuuhuoneeseen.
La sœur resta seule dans la pièce, tremblante et sanglotant.
Sisko jäi huoneeseen vapisemaan ja nyyhkyttämään.
Et elle frappa la table avec ses petits poings.
Ja hän hakkasi pöytää pienillä nyrkeillään.
Et Gregor siffla bruyamment de colère contre eux tous.
Ja Gregor sihisi kovaan ääneen vihaisena heille kaikille.
Pourquoi personne n'avait-il pensé à lui fermer la porte ?
Miksei kukaan tullut ajatelleeksi sulkea ovea hänen edestään?
Ils auraient pu lui épargner ce spectacle et ce bruit.
He olisivat voineet säästää hänet tältä näyltä ja melulta.
Sa sœur était épuisée après être rentrée du travail.
Sisko oli uupunut tultuaan töistä kotiin.

Et s'occuper de Gregor représentait encore plus de travail pour elle.
Ja Gregorista huolehtiminen oli hänelle vieläkin työläämpää.
Mais cela ne signifie pas que la mère aurait dû le faire.
Mutta se ei tarkoittanut, että äidin olisi pitänyt tehdä niin.
Gregor, en revanche, ne doit pas être négligé.
Gregoria ei sen sijaan pidä unohtaa.
Mais maintenant, ils avaient une nouvelle bonne qui pouvait faire ce genre de choses.
Mutta nyt heillä oli uusi palvelijatar, joka osasi tehdä sellaisia asioita.
Une veuve âgée à la charpente osseuse robuste.
Iäkäs leski, jolla oli vankka luusto.
Une stature qui l'a aidée à survivre à sa vie difficile.
Asema, joka auttoi häntä selviytymään vaikeasta elämästä.
L'apparence de Gregor ne lui déplaisait pas vraiment.
Hänellä ei ollut mitään todellista vastenmielisyyttä Gregorin ulkonäköä kohtaan.
Elle avait ouvert la porte de la chambre de Gregor par inadvertance.
Hän oli vahingossa avannut Gregorin huoneen oven.
Ce n'était pas par curiosité particulière à propos de la pièce.
Se ei johtunut mistään erityisestä uteliaisuudesta huonetta kohtaan.
Elle faisait simplement son travail et a ouvert la porte par hasard.
Hän vain teki työtään ja sattui avaamaan oven.
Gregor, bien sûr, fut complètement surpris par elle.
Gregor oli tietenkin täysin yllättynyt hänestä.
Il n'était pas poursuivi, mais il courait d'avant en arrière.
Häntä ei ajettu takaa, mutta hän juoksi edestakaisin.
Elle croisa simplement les bras et le regarda ramper.
Ja hän vain risti käsivartensa ja katseli hänen ryömivän.
Depuis lors, elle lui entrouvrait toujours un peu la porte.
Siitä lähtien hän on aina avannut ovea vähän hänelle.
Un matin, elle a jeté un coup d'œil pour voir comment il allait.

Kerran aamulla hän kävi katsomassa, kuinka mies voi.
Et le soir, elle est allée prendre de ses nouvelles avant de partir.
Ja illalla hän kävi tarkistamassa hänen vointinsa ennen lähtöään.
Au début, elle a aussi essayé de l'appeler pour qu'il vienne la rejoindre.
Aluksi hän myös yritti kutsua häntä tulemaan luokseen.
« Viens par ici, vieux bousier ! » disait-elle.
"Tule tänne, vanha lantakuoriainen!" hän tapasi sanoa.
Ou bien elle disait, amicalement : « Regardez ce vieux bousier ! »
Tai hän sanoi ystävällisesti: "Katsokaa vanhaa lantakuoriaista!".
Gregor n'a jamais réagi lorsqu'on lui parlait de cette façon.
Gregor ei koskaan reagoinut, kun hänelle puhuteltiin tuolla tavalla.
Il resta là, immobile, et l'ignora.
Hän pysyi siinä, liikkumatta, eikä välittänyt hänestä.
« Si seulement on lui avait expliqué comment faire correctement son travail. »
"Jospa hänelle olisi kerrottu, miten työnsä tehdään oikein."
« Au lieu de me déranger, elle devrait nettoyer ma chambre. »
"Sen sijaan, että hän häiritsisi minua, hänen pitäisi siivota huoneeni."
Tôt le matin, une forte pluie a frappé les fenêtres.
Kerran aikaisin aamulla rankka sade ropisi ikkunoihin.
Peut-être la pluie était-elle déjà un signe du printemps à venir.
Ehkä sade oli jo merkki tulevasta keväästä.
La bonne recommença à lui parler de cette façon.
Palvelijatar alkoi taas puhua hänelle sillä tavalla.
Gregor était tellement amer qu'il se tourna vers elle.
Gregor oli niin katkera, että hän kääntyi katsomaan häntä.
Il était lent et infirme, mais c'était une sorte d'attaque.
Hän oli hidas ja heikko, mutta se oli eräänlainen hyökkäys.

La bonne, en revanche, n'avait absolument pas peur de Gregor.
Palvelijatar ei kuitenkaan pelännyt Gregoria lainkaan.
Au lieu de cela, elle souleva une chaise qui se trouvait près de la porte.
Sen sijaan hän nosti oven lähellä olevan tuolin.
Et elle resta là, calmement, la bouche grande ouverte.
Ja hän seisoi siinä rauhallisesti, suu ammollaan.
Ses intentions étaient claires, même Gregor pouvait le voir.
Hänen aikomuksensa olivat selvät, jopa Gregor näki sen.
Et il se retourna lentement pour reprendre sa position initiale.
Ja hän kääntyi hitaasti takaisin alkuperäiseen asentoonsa.
« Donc vous ne voulez pas vous approcher davantage, n'est-ce pas ? »
"Joten et siis halua tulla lähemmäksi, vai mitä?"
Et elle remit discrètement la chaise dans le coin.
Ja hän laski hiljaa tuolin takaisin nurkkaan.

Gregor ne mangeait presque plus rien.
Gregor ei syönyt enää juuri mitään.
Parfois, lors de ses promenades dans la pièce, il s'arrêtait.
Joskus hän pysähtyi kävellessään huoneessa ympäri.
Et il se retrouva à côté du repas qui lui avait été préparé.
Ja hän huomasi olevansa hänelle valmistetun ruoan vierestä.
Il mit la nourriture dans sa bouche, mais seulement pour jouer avec.
Hän laittoi ruoan suuhunsa, mutta vain leikkiäkseen sillä.
Et bien souvent, il le recrachait quelques heures plus tard.
Ja usein hän sylki sen ulos uudelleen muutaman tunnin kuluttua.
Il essaya de trouver une raison à son manque d'appétit.
Hän yritti löytää syytä ruokahaluttomuudelleen.
Peut-être parce qu'il était triste de l'état de sa chambre.
Ehkä siksi, että hän oli surullinen huoneensa kunnosta.
Mais il s'était fait à l'idée des changements survenus dans la pièce.

Mutta hän oli sopeutunut huoneen muutoksiin.

Récemment, sa chambre était devenue une sorte de débarras.

Viime aikoina hänen huoneestaan oli tullut eräänlainen varastotila.

Ils avaient pris l'habitude de laisser des choses là.

He olivat tottuneet jättämään tavaroita sinne.

Et il restait maintenant beaucoup de choses de ce genre dans sa chambre.

Ja hänen huoneessaan oli nyt paljon sellaisia jäljellä.

Parce qu'une chambre de l'appartement avait été louée.

Koska yksi asunnon huoneista oli vuokrattu.

Trois messieurs sérieux louaient la chambre ensemble.

Kolme tosissaan olevaa herrasmiestä vuokrasi huonetta yhdessä.

Gregor les avait aperçus un jour à travers une fente dans la porte.

Gregor huomasi heidät kerran oven raosta.

Ils portaient des barbes fournies et étaient habillés avec un soin méticuleux.

Heillä oli täysparrat ja he olivat pukeutuneet huolellisesti.

Ils étaient scrupuleux quant à la propreté des lieux.

He olivat tunnollisia kaiken siisteyden pitämisessä.

Leur obsession pour la propreté ne s'arrêtait pas à leur chambre.

Heidän vaatimuksensa siisteydestä ei rajoittunut heidän huoneeseensa.

L'appartement entier devait être maintenu d'une propreté impeccable.

Koko asunto piti pitää täydellisessä siistinä.

Ils étaient encore plus pointilleux sur l'apparence de la cuisine.

He olivat vieläkin tarkempia keittiön ulkonäöstä.

Et ils ne supportaient aucun encombrement inutile.

Eivätkä he kestäneet mitään tarpeetonta sotkua.

Ils avaient également apporté leurs propres meubles.

He olivat myös tuoneet omat huonekalunsa mukanaan.

C'est pourquoi beaucoup de choses étaient devenues superflues.
Tästä syystä moni asia oli käynyt tarpeettomaksi.
C'étaient des choses pour lesquelles personne n'aurait payé.
Ne olivat sellaisia, joista kukaan ei suostuisi maksamaan rahaa.
Mais la famille ne voulait pas non plus se débarrasser de ces objets.
Mutta perhe ei halunnut myöskään hylätä näitä asioita.
Tous ces objets ont fini quelque part dans la chambre de Gregor.
Kaikki nämä tavarat menivät jonnekin Gregorin huoneeseen.
Le cendrier de la cuisine se trouvait désormais dans sa chambre.
Keittiön tuhkalaatikko oli nyt hänen huoneessaan.
Et les ordures étaient entreposées dans sa chambre jusqu'au jour de la collecte.
Ja roskat säilytettiin hänen huoneessaan roskapäivään asti.
La bonne a jeté dans sa chambre tout ce dont elle n'avait pas besoin.
Palvelijatar heitti kaiken tarpeettoman miehen huoneeseen.
Heureusement, il n'a vu que la main et l'objet.
Onneksi hän ei nähnyt muuta kuin käden ja esineen.
Elle comptait probablement revenir chercher les affaires plus tard.
Hän luultavasti aikoi palata hakemaan tavaransa myöhemmin.
Ou peut-être voulait-elle tout jeter d'un coup.
Tai ehkä hän halusi heittää kaiken kerralla pois.
Cependant, tout est resté là où il s'était initialement posé.
Kaikki kuitenkin pysyi siellä, missä se alun perin oli laskeutunut.
À moins que Gregor n'ait déplacé les débris en se faufilant à travers.
Ellei Gregor sitten siirtänyt romua luikertelemalla sen läpi.
Au début, il a été obligé de ramper à travers tous les détritus.
Aluksi hänen oli pakko ryömiä kaiken romun läpi.

Il lui était impossible d'éviter cela.
Hänellä ei ollut mitään mahdollisuutta välttää sitä.
Mais plus tard, il a finalement trouvé du plaisir dans cette activité.
Mutta myöhemmin hän itse asiassa löysi tästä toiminnasta nautintoa.
Bien que ces efforts l'aient laissé triste et profondément fatigué.
Vaikka sellainen ponnistus teki hänet surulliseksi ja syvästi väsyneeksi.
Et ensuite, il est resté incapable de bouger pendant de nombreuses heures.
Ja sen jälkeen hän ei pystynyt liikkumaan moneen tuntiin.
Les locataires prenaient parfois leurs repas dans le salon.
Vuokralaiset söivät joskus ateriansa olohuoneessa.
La porte du salon restait fermée ces soirs-là.
Olohuoneen ovi pysyi kiinni noina iltoina.
Mais Gregor n'avait aucune difficulté à ne pas ouvrir la porte à présent.
Mutta Gregorilla ei ollut nyt vaikeuksia olla avaamatta ovea.
Même lorsque la porte était ouverte, il ne regardait pas toujours dehors.
Vaikka ovi oli auki, hän ei aina katsonut ulos.
Mais il s'allongea dans le coin le plus sombre de la pièce.
Mutta hän asettui huoneen pimeimpään nurkkaan.
La famille n'a pas non plus remarqué son manque d'attention.
Perhe ei myöskään huomannut hänen välinpitämättömyyttään.
Mais une fois, la bonne a laissé la porte ouverte.
Mutta kerran piika jätti oven auki.
La porte est restée ouverte même au retour des locataires.
Ovi pysyi auki, vaikka vuokralaiset palasivat.
Et la porte était ouverte quand la lumière a été allumée.
Ja ovi oli auki, kun valot syttyivät.
L'homme était assis à la table où la famille dînait.
Mies istui pöydässä, jossa perhe söi päivällistä.

Autrefois, père, mère et Gregor étaient assis là.
Isä, äiti ja Gregor istuivat siellä ennen vanhaan.
Ils déplièrent les serviettes et prirent des couteaux et des fourchettes.
He avasivat lautasliinat ja ottivat veitset ja haarukat.
La mère apparut sur le seuil avec un bol de viande.
Äiti ilmestyi oviaukkoon kulhollinen lihaa kädessään.
Puis sa sœur est entrée avec un bol plein de pommes de terre.
Sitten sisko tuli sisään kulhollinen perunoita mukanaan.
Les locataires se penchèrent sur les bols placés devant eux.
Majatalon asukkaat kumartuivat eteensä asetettujen kulhojen yli.
L'épaisse fumée des aliments leur montait jusqu'au nez.
Ruoan raskas savu nousi heidän nenään asti.
Mais ils n'avaient pas encore décidé s'ils allaient manger.
Mutta he eivät olleet vielä päättäneet, söisivätkö he ruokaa.
Peut-être renverraient-ils le plat en cuisine.
Ehkä he lähettäisivät ruoan takaisin keittiöön.
L'homme assis au milieu semblait être l'autorité.
Keskellä istuva mies näytti olevan auktoriteetti.
Il a coupé la viande pour déterminer si elle était suffisamment tendre.
Hän leikkasi lihan tarkistaakseen, oliko se tarpeeksi mureaa.
Il était satisfait de l'odeur et de l'apparence des aliments.
Hän oli tyytyväinen ruoan tuoksuun ja ulkonäköön.
La mère et la sœur les observaient avec anxiété.
Äiti ja sisko olivat katselleet heitä huolestuneina.
Et ils commencèrent à sourire, poussant un soupir de soulagement accumulé.
Ja he alkoivat hymyillä helpotuksen täyttämin huokauksin.
La famille allait elle-même manger dans la cuisine.
Perhe itse aikoi syödä keittiössä.
Mais avant cela, le père alla voir comment allaient les locataires.
Mutta ensin isä meni tarkistamaan vuokralaisten voinnin.
Il s'inclina une fois, tenant sa casquette de travail à la main.

Hän kumarsi kerran pitäen työlakkiaan kädessään.
Et il fit le tour de la table, saluant chaque invité.
Ja hän käveli ympyrän pöydän ympäri, jokaisen vieraan luo
Les locataires se levèrent tous en marmonnant dans leur barbe.
Kaikki majailijat nousivat seisomaan ja mumisivat partaansa.
Après son départ, ils mangèrent dans un silence presque complet.
Hänen lähdettyään he söivät lähes täydellisessä hiljaisuudessa.
Gregor trouvait étrange d'entendre des bruits de mastication.
Gregorista tuntui oudolta, että hän kuuli pureskelua.
Aucun autre aspect du repas ne semblait produire le moindre son.
Mikään muu syömisen osa-alue ei tuntunut pitävän ääntä.
Mais il pouvait distinctement entendre des dents grincer.
Mutta hän kuuli selvästi hampaiden narskuttelun.
Ils semblaient lui dire qu'il avait besoin de dents pour manger.
Ne näyttivät sanovan hänelle, että hän tarvitsi hampaita syömiseen.
« On ne peut rien faire si on n'a plus de dents dans la mâchoire. »
"Et voi tehdä mitään, jos leukasi ovat hampaattomat."
« J'aimerais manger quelque chose », dit Gregor avec anxiété.
"Haluaisin syödä jotain", Gregor sanoi huolestuneena.
« Mais je n'ai aucun appétit pour ce que vous mangez tous. »
"Mutta minulla ei ole minkäänlaista ruokahalua sille, mitä te kaikki syötte."
« Regardez ces locataires manger, et moi je meurs de faim. »
"Katsokaa, kuinka nämä vuokralaiset syövät, ja minä tässä näännyn nälkään."
Ce soir-là, Gregor pensait justement au violon.
Gregor sattui ajattelemaan viulua sinä iltana.
Il n'avait plus entendu le violon depuis la transformation.
Hän ei ollut kuullut viulua muodonmuutoksen jälkeen.

Mais ce soir-là, un bruit est venu de la cuisine.
Mutta sitten, tänä iltana, keittiöstä kuului ääni.
Les messieurs avaient déjà terminé leur repas du soir.
Herrat olivat jo syöneet iltapalansa.
L'homme du milieu avait commencé à lire un journal.
Keskimmäinen herrasmies oli alkanut lukea sanomalehteä.
Il avait donné une feuille à chacun des deux autres
messieurs.
Hän oli antanut kahdelle muulle herrasmiehelle kullekin
arkin.
Et maintenant, ils étaient affalés en arrière, en train de lire et
de fumer.
Ja nyt he nojasivat taaksepäin ja lukivat ja polttivat.
Lorsque le violon commença à jouer, ils devinrent attentifs.
Kun viulu alkoi soida, heistä tuli tarkkaavaisia.
Ils se levèrent et marchèrent sur la pointe des pieds jusqu'à
la porte de l'antichambre.
He nousivat seisomaan ja kävelivät varpaillaan eteisen ovelle.
Ils se tenaient là, blottis les uns contre les autres, écoutant à
la porte.
Tässä he seisoivat yhdessä kyhmytensä ympäröimänä ja
kuuntelivat ovensuussa.
La famille a dû entendre les hommes qui étaient dans la
cuisine.
Perheen on täytynyt kuulla miesten äänet keittiöstä.
Car le père les appela et leur demanda :
Koska isä huusi heille ja kysyi heiltä;
« Le violon ne serait-il pas inconfortable pour ces messieurs
? »
"Onko viulu kenties epämukava herroille?"
« Si la musique ne vous plaît pas, on peut s'arrêter
immédiatement. »
"Jos ette pidä musiikista, voimme lopettaa heti."
« Au contraire », dit celui du milieu des messieurs.
"Päinvastoin", sanoi keskimmäinen herroista.
« La jeune fille aimerait-elle jouer du violon dans notre
chambre ? »

"Haluaisiko nuori nainen soittaa viulua huoneessamme?"
« C'est nettement plus confortable et chaleureux ici. »
"Täällä on ehdottomasti paljon mukavampaa ja
viihtyisämpää."
Le père répondit comme s'il était lui-même le violoniste.
Isä vastasi aivan kuin olisi itse viulisti.
« Oh, je vous en prie, ce serait merveilleux », s'écria le père.
"Voi, se olisi ihanaa", isä huudahti.
Les messieurs retournèrent au salon et attendirent.
Herrat palasivat olohuoneeseen ja odottivat.
Peu après, le père entra dans la pièce avec le pupitre.
Pian isä tuli huoneeseen nuottiteline kädessään.
La mère entra dans la pièce avec le livre de musique.
Äiti tuli huoneeseen nuottikirja mukanaan.
Et la sœur entra dans la pièce avec le violon.
Ja sisko tuli huoneeseen viulu kädessään.
Elle a calmement tout préparé pour jouer du violon.
Hän valmisteli rauhallisesti kaiken viulunsoittoa varten.
Les parents exagéraient leur politesse et leurs bonnes
manières.
Vanhemmat liioittelivat kohteliaisuuttaan ja käytöstapojaan.
Ils n'avaient jamais loué de chambres à des locataires
auparavant.
He eivät olleet koskaan aiemmin vuokranneet huoneita
asukkaille.
Et ils n'osaient même pas s'asseoir sur leurs propres chaises.
Eivätkä he uskaltaneet edes istua omille tuoleilleen.
Au lieu de s'asseoir, le père s'appuya contre la porte.
Isän sijaan hän nojasi oveen.
Sa main droite était coincée entre deux boutons de son
manteau.
Hänen oikea kätensä oli kahden takkinsa napin välissä.
Un monsieur a toutefois offert une chaise à la mère.
Äidille kuitenkin tarjosi tuolin eräs herrasmies.
Mais elle s'assit là où le monsieur avait placé la chaise.
Mutta hän istui siihen kohtaan, mihin herrasmies oli tuolin
asettanut.

Et il n'avait pas placé la chaise à un endroit précis.
Eikä hän ollut sijoittanut tuolia mihinkään tiettyyn paikkaan.
La mère s'assit donc à l'écart de tout le monde, dans un coin.
Niinpä äiti istui erillään kaikista, nurkassa.
Et finalement, la sœur s'est mise à jouer du violon.
Ja lopulta sisko alkoi soittaa viulua.
Les parents, placés de part et d'autre, suivaient attentivement.
Vastakkaisilla puolilla olevat vanhemmat seurasivat tilannetta tarkasti.
Et ils observaient attentivement chacun des mouvements de sa main.
Ja he tarkkailivat tarkasti jokaista hänen käden liikettä.
Gregor était également attiré par le jeu du violon.
Myös viulunsoitto kiehtoi Gregoria.
Et il s'aventura un peu plus loin hors de sa chambre.
Ja hän uskaltautui ulos huoneestaan hieman pidemmälle.
Il avait déjà la tête dans le salon.
Hän oli jo päänsä työntäneenä olohuoneeseen.
Il était très fier d'être très attentionné.
Hän oli aiemmin ylpeä siitä, että oli hyvin huomaavainen.
Mais récemment, il ne remettait guère en question son manque d'attention.
Mutta viime aikoina hän tuskin kyseenalaisti välinpitämättömyyttään.
Même s'il avait maintenant plus de raisons de se cacher qu'auparavant.
Vaikka hänellä oli nyt enemmän syytä piiloutua kuin ennen.
Parce que sa chambre était recouverte de poussière et de saletés diverses.
Koska hänen huoneensa oli täynnä pölyä ja erilaista likaa.
Le moindre mouvement soulevait toutes sortes d'immondices.
Pieninkin liike pyöritti ilmaan kaikenlaista roskaa.
Toute cette saleté lui collait à la peau : poussière, cheveux, restes de nourriture.
Kaikki tämä lika tarttui häneen; pöly, hiukset, ruoantähteet.

Il aurait pu frotter la saleté contre le tapis.

Hän olisi voinut hieroa lian pois mattoa vasten.

C'était quelque chose qu'il faisait plusieurs fois par jour.

Tätä hän teki useita kertoja päivässä.

Mais son indifférence à tout était bien trop grande.

Mutta hänen välinpitämättömyytensä kaikkea kohtaan oli aivan liian suurta.

Il n'avait donc pas peur d'aller un peu plus loin.

Niinpä hän ei pelännyt edetä hieman pidemmälle.

Et il s'est installé sur le sol impeccable du salon.

Ja hän siirtyi olohuoneen moitteettomalle lattialle.

Cependant, personne ne l'a remarqué, ni ne lui a prêté attention.

Kukaan ei kuitenkaan huomannut häntä, eikä kukaan kiinnittänyt häneen huomiota.

La famille était complètement absorbée par le concert.

Perhe oli täysin uppoutunut konserttiin.

Les messieurs, quant à eux, ont d'abord battu en retraite.

Herrat taas aluksi perääntyivät.

Et ils se tenaient tout près, derrière le pupitre de la sœur.

Ja he seisoivat aivan sisaren nuottitelineen takana.

S'ils avaient regardé, ils auraient pu voir les notes de musique.

Jos he olisivat katsoneet, he olisivat voineet nähdä nuotit.

Cela aurait évidemment perturbé la sœur.

Tämä olisi tietenkin häirinnyt siskoa.

Alors, au lieu de s'asseoir, ils restèrent debout près de la fenêtre.

Sitten he seisoivat ikkunan vieressä istumisen sijaan.

Les mains dans les poches, ils continuaient à parler.

Kädet taskuissa he jatkoivat puhumista.

Ils restèrent là tandis que le père les observait avec anxiété.

He pysyivät siellä isän katsellessa levottomana.

On avait l'impression qu'ils avaient d'autres attentes.

Joku sai sellaisen vaikutelman, että heillä oli muita odotuksia.

Et il semblait vraiment qu'ils avaient été déçus.

Ja he todellakin näyttivät pettyneiltä.

Il semblait qu'ils en avaient assez du spectacle.
Vaikutti siltä, että heillä oli esitys tarpeeksi.
Ils avaient laissé le violon troubler leur tranquillité.
He olivat antaneet viulun häiritä rauhaansa.
Et ils ne toléraient la musique que par politesse.
Ja he sietivät musiikkia vain kohteliaisuudesta.
La façon dont ils ont dissipé la fumée était particulièrement troublante.
Se, miten he puhalsivat savun pois, oli erityisen hermoja raastavaa.
Et pourtant, elle jouait du violon avec une telle beauté.
Ja silti hän soitti viulua niin kauniisti.
Son visage était légèrement incliné sur le côté, sur le violon.
Hänen kasvonsa olivat kevyesti kallistuneet sivulle, viulun tahtiin.
Son regard parcourait tristement les lignes de la musique.
Hänen silmänsä tutkivat surullisesti nuottiviivoja.
Gregor se sentait un peu plus attiré par le salon.
Gregor tunsi tulevansa vedetyksi hieman syvemmälle olohuoneeseen.
Il gardait la tête près du sol, mais regardait vers le haut.
Hän piti päänsä lähellä maata, mutta katsoi ylöspäin.
Peut-être que de cette façon, le regard de sa sœur croiserait le sien.
Ehkä tällä tavoin hänen sisarensa katse kohtaisi hänen silmänsä.
Peut-on vraiment dire qu'il n'était qu'un animal ?
Voidaanko todella sanoa, että hän oli vain eläin?
Était-il un animal si la musique pouvait le captiver à ce point ?
Oliko hän eläin, jos musiikki kykeni lumoamaan hänet niin paljon?
Il avait l'impression qu'on lui montrait un chemin vers une nourriture inconnue.
Hänestä tuntui kuin hänelle olisi näytetty tie tuntemattomaan ravintoon.
C'était peut-être là le réconfort qui lui manquait.

Ehkä tämä oli se ravinto, jota hän kaipasi.

Il était déterminé à rejoindre sa sœur.

Hän oli päättänyt lähteä sisarensa luo.

Il avait envie de tirer sur sa jupe pour attirer son attention.

Hän halusi nykäistä hänen hamettaan saadakseen tämän huomion.

Il voulait lui faire comprendre qu'il l'invitait.

Hän halusi antaa naiselle viitteen kutsusta.

« Viens jouer du violon dans ma chambre », aurait-il voulu dire.

"Tule soittamaan viulua huoneeseeni", hän halusi sanoa.

Il souhaitait qu'elle soit récompensée pour sa magnifique musique.

Hän halusi, että hänet palkittaisiin hänen kauniista musiikistaan.

« Personne ici ne te récompense pour jouer du violon. »

"Kukaan täällä ei palkitse sinua viulunsoitosta."

Il ne voulait plus la laisser sortir de sa chambre.

Hän ei halunnut enää päästää naista ulos huoneestaan.

Il voulait qu'elle reste avec lui aussi longtemps qu'il vivrait.

Hän halusi naisen pysyvän hänen luonaan niin kauan kuin hän eli.

Pour la première fois, sa transformation eut un avantage.

Ensimmäistä kertaa hänen muodonmuutoksestaan oli hyötyä.

Sa difformité allait enfin lui être utile.

Hänen epämuodostumastaan tulisi vihdoin hänelle hyödyllinen.

Il voulait être présent simultanément aux quatre portes.

Hän halusi olla kaikilla neljällä ovella yhtä aikaa.

Il avait envie de les siffler et de leur cracher dessus de tous les côtés.

Hän halusi sihistää ja sylkeä heitä kohti joka kulmasta.

Sa sœur ne devrait pas être forcée de rester avec lui.

Hänen siskoaan ei pitäisi pakottaa jäämään hänen luokseen.

Il voulait qu'elle choisisse volontairement de rester avec lui.

Hän halusi naisen jäävän hänen luokseen vapaaehtoisesti.

Elle allait s'asseoir à côté de lui et se pencher vers lui.

Hän aikoi istua hänen viereensä ja kumartua häntä kohti.
Et il allait lui parler de l'école de musique.
Ja hän aikoi kertoa hänelle musiikkikoulusta.
Il avait la ferme intention de l'envoyer à l'académie.
Hänellä oli vakaa aikomus lähettää hänet akatemiaan.
Il en aurait parlé à tout le monde à Noël dernier.
Hän olisi kertonut tästä kaikille viime jouluna.
Noël était-il déjà passé ?
Oliko joulu todellakin taas tullut ja mennyt?
Et il n'aurait laissé personne le dissuader.
Eikä hän olisi antanut kenenkään estää itseään tekemästä niin.
Mais un accident malheureux a tout arrêté.
Mutta sitten valitettava onnettomuus pysäytti kaiken.
La sœur aurait été submergée par l'émotion.
Sisko olisi varmasti liikuttunut.
Et Gregor aurait alors grimpé jusqu'à son épaule.
Ja sitten Gregor olisi kiivennyt hänen olkapäälleen.
Et il l'aurait réconfortée en l'embrassant dans le cou.
Ja hän olisi lohduttanut häntä suukottamalla hänen kaulaansa.
« Monsieur Samsa ! » appela l'homme au milieu au père.
"Herra Samsa!" keskellä oleva mies huusi isälle.
Il pointait Gregor du doigt.
Hän osoitti etusormellaan Gregoria alaspäin.
Gregor traversait lentement le salon.
Gregor liikkui hitaasti olohuoneen lattiaa pitkin.
Le jeu du violon s'est très vite tu.
Viulunsoitto hiljeni hyvin nopeasti.
Celui du milieu sourit à ses amis.
Keskimmäinen kolmesta miehestä hymyili ystävilleen.
Puis il secoua la tête et regarda Gregor.
Sitten hän pudisti päätään ja katsoi takaisin Gregoriin.
Le père aurait pu forcer Gregor à retourner dans sa chambre.
Isä olisi voinut pakottaa Gregorin takaisin huoneeseensa.
**Mais ce n'était pas la première action qu'il décida
d'entreprendre.**
Mutta se ei ollut ensimmäinen päätös, jonka hän teki.
Il estimait qu'il était plus important de calmer ces messieurs.

Hänestä oli tärkeämpää rauhoittaa herrasmiehiä.
Bien qu'ils ne fussent pas vraiment contrariés par Gregor.
Vaikka Gregor ei heitä oikeastaan lainkaan järkyttänyt.
Gregor semblait plus divertissant que le jeu de violon.
Gregor vaikutti viihdyttävämmältä kuin viulunsoitto.
Il s'est précipité vers eux, les bras tendus.
Hän ryntäsi heidän luokseen kädet ojennettuina.
Il faisait de son mieux pour leur cacher la vue de Gregor.
Hän yritti parhaansa mukaan peittää heidän näkökulmansa
Gregoriin.
Et il a essayé de les faire retourner dans leur chambre.
Ja hän yritti rohkaista heitä takaisin huoneeseensa.
Au contraire, cela les a un peu agacés.
Jos mikään, tämä oikeastaan ärsytti heitä hieman.
Mais il était difficile de dire exactement ce qui les agaçait.
Mutta oli vaikea sanoa, mikä heitä tarkalleen ottaen ärsytti.
Le père gâchait le divertissement de la soirée.
Isä pilasi illanvieton.
**Mais ils venaient aussi d'apprendre l'existence de leur
nouveau colocataire.**
Mutta he olivat myös juuri kuulleet uudesta kämppiksestään.
Ils levèrent les mains comme l'avait fait leur père.
He nostivat kätensä aivan kuten isä oli tehnyt.
Ils ont exigé une explication immédiate du père.
He vaativat isältä välitöntä selitystä.
**Ils tiraient nerveusement sur leur barbe, cherchant une
réponse.**
He nykivät levottomasti partaansa vastausta odottaen.
Et ils reculèrent jusqu'à leur chambre, mais très lentement.
Ja he liikkuivat takaperin huoneeseensa, mutta hyvin hitaasti.
L'interruption avait plongé la sœur dans une sorte de transe.
Keskeytys oli saattanut sisaren transsiin.
Elle laissa pendre le violon et l'archet le long de son corps.
Hän antoi viulun ja jousen roikkua vierellään.
Et elle regarda la partition comme si elle jouait encore.
Ja hän katsoi nuotteja aivan kuin ne soittaisivat yhä.
Mais soudain, elle est revenue dans la pièce.

Mutta sitten hän yhtäkkiä veti itsensä takaisin huoneeseen.

Et elle avait désormais surmonté le sentiment d'être perdue.

Ja hän oli nyt voittanut eksyneisyyden tunteen.

Elle a posé l'instrument de musique sur les genoux de sa mère.

Hän laski soittimen äitinsä syliin.

La mère était assise sur la chaise, respirant bruyamment.

Äiti istui tuolissa ja hengitti raskaasti.

Et puis la sœur a dû courir dans la pièce voisine.

Ja sitten siskon täytyi juosta seuraavaan huoneeseen.

Elle devait tout préparer pour les messieurs.

Hänen täytyi saada kaikki valmiiksi herrasmiehiä varten.

Elle a jeté les couvertures et les coussins en l'air.

Hän heitti peitot ja tyynyt ilmaan.

Et de ses mains expertes, elle a disposé toute la literie.

Ja taitavilla käsillään hän järjesti kaikki vuodevaatteet.

Elle avait terminé avant que les messieurs n'atteignent la pièce.

Hän oli valmis ennen kuin herrat ehtivät huoneeseen.

Et elle s'est éclipsée avant de les gêner.

Ja hän livahti ulos ennen kuin osui heidän tielleen.

Le père semblait prisonnier de son propre entêtement.

Isä näytti olevan oman itsepäisyytensä lumoissa.

Et il oublia ainsi tout le respect qu'il devait à ses locataires.

Ja niin hän unohti kaiken kunnioituksen, jonka hän oli velkaa vuokralaisilleen.

Il a insisté sans relâche jusqu'à ce que leur porte-parole s'y oppose.

Hän painosti ja painosti, kunnes heidän edustajansa vastusti.

Il a tapé du pied avec colère en arrivant à la porte.

Hän polki vihaisesti jalkaansa päästyään ovelle.

Et c'est ainsi qu'il immobilisa le père.

Ja siten hän pysäytti isän.

« Par la présente, je déclare », commença-t-il en s'adressant à son propriétaire.

"Julistan täten", hän alkoi puhutella isäntäänsä.

Et il leva la main, regardant toute la famille.

Ja hän nosti kätensä katsoen koko perhettä.
« En ce qui concerne l'état répugnant de la chambre ; »
"Mitä tulee huoneen vastenmielisiin olosuhteisiin;"
Et il s'assurait que tous écoutaient ses paroles.
Ja hän varmisti, että kaikki kuuntelivat hänen sanojaan.
« Par la présente, je vous informe que je vais libérer ma chambre. »
"Ilmoitan täten, että luovutan huoneeni."
Et il a appuyé son propos en crachant par terre.
Ja hän jatkoi väitteensä esittämistä sylkemällä maahan.
« Je ne paierai pas non plus pour les jours que j'ai passés ici. »
"Enkä aio maksaa niistä päivistä, jotka olen täällä asunut."
Il n'était cependant pas entièrement satisfait de ce remboursement.
Hän ei kuitenkaan ollut täysin tyytyväinen tähän hyvitykseen.
« Et j'envisagerai de formuler d'autres demandes à votre encontre. »
"Ja harkitsen muiden vaatimusten esittämistä sinua vastaan."
« Croyez-moi, de telles demandes seront très faciles à justifier. »
"Uskokaa minua, tällaiset vaatimukset on hyvin helppo perustella."
Il resta silencieux et regarda droit devant lui, vers son père.
Hän oli hiljaa ja katsoi suoraan eteenpäin isään.
Il semblait s'attendre à ce qu'il se passe quelque chose de plus.
Hän näytti odottavan, että tapahtuisi jotain enemmän.
En fait, ses deux amis ont immédiatement eu la même idée.
Itse asiassa hänen kahdella ystävällään oli heti sama ajatus.
« Nous annulons également nos réservations de chambres », ont-ils déclaré à l'unisson.
"Mekin peruutamme huoneemme", he sanoivat yhteen ääneen.
Il a alors saisi la poignée de la porte et l'a fermée.
Sitten hän tarttui ovenkahvaan ja sulki oven.
Et dans un grand fracas, ils s'enfermèrent dans leur chambre.

Ja kovan pamauksen saattelemana he sulkivat itsensä
huoneeseensa.

**Le père s'est dirigé en titubant vers sa chaise, les mains
tâtonnantes.**

Isä horjahti tuolilleen kädet hapuillen.

Et il se laissa tomber sur la chaise, vaincu.

Ja hän antoi itsensä pudota tuoliin, lyötynä.

On aurait dit qu'il allait faire sa sieste habituelle du soir.

Näytti siltä kuin hän olisi menossa tavalliselle
iltapäiväunilleen.

**Mais sa tête hocha presque comme si elle n'était pas
soutenue.**

Mutta hänen päänsä nyökkäsi melkein kuin sitä ei olisi tuettu.

Et on pouvait voir qu'il ne dormait pas du tout.

Ja näkyi, ettei hän nukkunut ollenkaan.

Durant tout ce temps, Gregor n'avait pas bougé de sa place.

Koko tämän ajan Gregor ei ollut liikkunut paikaltaan.

**Il était toujours là où les messieurs l'avaient aperçu pour la
première fois.**

Hän oli yhä siinä paikassa, missä herrat olivat hänet ensi
kertaa nähneet.

Même s'il avait voulu déménager, il trouvait cela impossible.

Vaikka hän olisi halunnutkin liikkua, hän huomasi sen olevan
mahdotonta.

À cause de sa déception, ou à cause de sa faim.

Pettymyksensä tai nälkensä vuoksi.

Il était déçu par l'échec de son plan.

Hän oli pettynyt suunnitelmansa epäonnistumiseen.

Et il était affaibli par la faim persistante qu'il ressentait.

Ja hän oli heikko pitkittyneestä nälän tunteestaan.

**Il était certain que tout le monde se retournerait contre lui à
tout moment.**

Hän oli varma, että kaikki kääntyisivät häntä vastaan minä
hetkenä hyvänsä.

**C'est avec cette certitude d'un effondrement imminent qu'il
attendit.**

Tämän välittömän romahduksen odotuksen vallassa hän
odotti.
Le violon commença à glisser des genoux de sa mère.
Viulu alkoi valua äidin sylistä.
Dans un fracas retentissant, le violon tomba au sol.
Kovaan ääneen viulu putosi maahan.
Mais même ce bruit soudain et fracassant ne l'a pas surpris.
Mutta edes tämä äkillinen jyrähdys ei säikäyttänyt häntä.
« Chers parents, dit la sœur, cela ne peut pas continuer. »
"Rakkaat vanhemmat", sisar sanoi, "tämä ei voi jatkua."
**Et elle a frappé du poing sur la table pour appuyer ses
propos.**
Ja hän löi kädellään pöytää perustellakseen näkemyksensä.
**« Je ne prononcerai pas le nom de mon frère devant ce
monstre. »**
"En aio lausua veljeni nimeä tämän hirviön edessä."
« C'est pourquoi je le dis aussi crûment que possible : »
"Siksi sanon tämän niin suoraan kuin mahdollista:"
**«Nous n'avons pas d'autre choix que de nous débarrasser de
cet animal.»**
"Meillä ei ole muuta vaihtoehtoa kuin hankkiutua eroon tästä
eläimestä."
**« Nous avons fait de notre mieux pour tolérer et prendre
soin de cet animal. »**
"Teimme parhaamme suojellaksemme ja hoitaaksemme tätä
eläintä."
**« Je ne pense pas que quiconque puisse nous blâmer, même
légèrement. »**
"En usko, että kukaan voi syyttää meitä mistään."
« Elle a mille fois raison », a acquiescé le père.
"Hän on tuhat kertaa oikeassa", myönsi isä.
La mère n'avait pas encore complètement repris son souffle.
Äiti ei ollut vieläkään saanut täysin henkeä.
**Elle se mit à tousser sourdement dans sa main, la respiration
lourde.**
Hän alkoi yskiä vaisusti käteensä, hengittäen raskaasti.

Et une expression de folie commença à apparaître dans ses yeux.

Ja hänen silmiinsä alkoi ilmestyä hullu ilme.

La sœur s'est précipitée vers sa mère et lui a pris le front.

Sisko kiiruhti äitinsä luo ja piteli otsaansa.

Les paroles de la sœur semblaient inspirer le père.

Isä näytti inspiroituvan siskon sanoista.

Et ses pensées semblaient plus claires qu'auparavant.

Ja hänen ajatuksensa tuntuivat olevan selkeämpiä kuin ennen.

Il cessa d'acquiescer et se redressa.

Hän lakkasi nyökyttelemästä ja nousi taas istumaan.

Et il jouait avec la casquette de son serviteur, plongé dans ses pensées.

Ja hän leikki palvelijansa hatulla, syvissä mietteissä.

Les assiettes des locataires étaient encore sur la table.

Vuokralaisten lautaset olivat yhä pöydällä.

Et il regardait parfois vers Gregor, qui restait silencieux.

Ja hän katsoi joskus hiljaista Gregoria kohti.

« Nous devons essayer de nous en débarrasser », lui dit sa sœur.

"Meidän täytyy yrittää päästä siitä eroon", sisko sanoi hänelle.

La mère était trop occupée à tousser pour écouter.

Äiti oli liian kiireinen yskimisen kanssa kuunnellakseen.

« Ça va vous tuer tous les deux, je le vois déjà venir. »

"Se tappaa teidät molemmat, näen sen jo tulevan."

«Nous ne pouvons pas tous continuer à travailler aussi dur que nous le faisons.»

"Emme kaikki voi jatkaa työntekoa yhtä kovasti kuin tähänkin asti."

« Et chaque jour, nous devons rentrer chez nous et subir ce supplice. »

"Ja joka päivä meidän on palattava kotiin kokemaan tätä kidutusta."

« Nous n'en pouvons plus. Je n'en peux plus. »

"Emme kestä tätä enää. Minä en kestä tätä."

Elle s'est effondrée dans les bras de sa mère, en larmes une dernière fois.

Hän lankesi äitinsä luo viimeisessä kyynelepurkauksessa.
Les larmes coulèrent sur son visage et sur celui de sa mère.
Kyyneleet valuivat hänen kasvojaan pitkin ja äidin kasvoille.
Et elle essuya ses larmes d'un geste machinal.
Ja hän pyyhki kyyneleet pois mekaanisella liikkeellä.
« Mon enfant », dit le père d'une voix compatissante.
"Lapseni", sanoi isä myötätuntoisella äänellä.
Il y avait une profonde sympathie et une grande compréhension dans sa voix.
Hänen äänessään oli syvää myötätuntoa ja ymmärrystä.
« Mais que devons-nous faire ? » avoua-t-il ne pas savoir.
"Mutta mitä meidän pitäisi tehdä?" hän tunnusti tietämättömänä.
La sœur haussa simplement les épaules, impuissante.
Sisko vain kohautti olkapäitään avuttomana.
Et sa confiance d'antan fit de nouveau place aux larmes.
Ja hänen aiempi itseluottamuksensa vaihtui jälleen kyyneliin.
« Si seulement il nous comprenait », dit le père à voix haute.
"Jospa hän vain ymmärtäisi meitä", sanoi isä ääneen.
Et il se demandait à moitié si Gregor avait compris.
Ja hän puoliksi kyseenalaisti, ymmärsikö Gregor kenties.
La sœur lui a secoué la main violemment en pleurant.
Sisko vain kätteli häntä rajusti itkien.
Elle a donc indiqué qu'il ne fallait pas envisager cette idée.
Ja niin hän antoi ymmärtää, ettei ajatusta kannata edes ajatella.
« Mais si seulement il nous comprenait », répéta le père.
"Mutta jospa hän vain ymmärtäisi meitä", toisti isä.
Les yeux fermés, il réfléchit à la réponse de sa sœur.
Sulkemalla silmänsä hän mietti sisaren vastausta.
« S'il comprenait qu'un accord pouvait être conclu avec lui. »
"Jos hän ymmärtäisi, hänen kanssaan voitaisiin tehdä sopimus."
« Mais vu la situation actuelle… »
"Mutta kun asiat ovat niin kuin ne ovat..."
«Il faut l'enlever,» s'écria la sœur, «c'est la seule solution.»
"Sen täytyy mennä", huudahti sisar, "se on ainoa tie."
«Il faut vous débarrasser de l'idée que c'est Gregor.»

"Sinun täytyy päästä eroon ajatuksesta, että se on Gregor."

« Notre véritable malheur, c'est d'y avoir cru si longtemps. »

"Se, että uskoimme siihen niin kauan, on todellinen onnettomuutemme."

« Mais comment est-ce possible que ce soit Gregor ? » demanda-t-elle à son père.

"Mutta kuinka se voi olla Gregor?" hän kysyi isältään.

« Il savait qu'un tel animal ne pouvait pas coexister avec les humains. »

"Hän tiesi, että tuollainen eläin ei voi elää ihmisten kanssa."

« Gregor nous aurait quittés depuis longtemps, volontairement. »

"Gregor olisi jättänyt meidät jo kauan sitten, vapaaehtoisesti."

« C'est vrai, nous n'aurions alors plus de frère. »

"Totta, meillä ei silloin olisi veljeä."

« Mais nous pourrions continuer à vivre et à honorer sa mémoire. »

"Mutta me voisimme jatkaa elämää ja kunnioittaa hänen muistoaan."

« Mais cette bête nous poursuit et chasse nos locataires. »

"Mutta tämä peto jahtaa meitä ja ajaa pois vuokralaisemme."

« De toute évidence, il veut s'emparer de tout l'appartement. »

"Se selvästikin haluaa vallata koko asunnon."

« Cette bête veut nous faire dormir dans la rue. »

"Tämä peto haluaa meidät nukkumaan kadulla."

« Regarde, papa, » s'écria-t-elle soudain, « il bouge à nouveau ! »

"Katso, isä", hän huudahti yhtäkkiä, "hän liikkuu taas!"

Et elle fit quelque chose que même Gregor ne put comprendre.

Ja hän teki asian, jota edes Gregor ei ymmärtänyt.

Elle se repoussa, comme pour sacrifier sa mère.

Hän työnsi itsensä pois, ikään kuin uhratakseen äitinsä.

Et elle a couru derrière son père pour trouver une sorte de sécurité.

Ja hän juoksi isänsä perässä jonkinlaiseen turvaan.

Le père n'était agité que parce que sa fille l'était.
Isä oli hermostunut vain siksi, että hänen tyttärensä oli.
Mais lui aussi se leva et leva les bras au-dessus d'elle.
Mutta sitten hänkin nousi seisomaan ja kohotti kätensä hänen
ylleen.
**Mais Gregor n'avait aucune intention d'effrayer qui que ce
soit.**
Mutta Gregorilla ei ollut aikomustakaan pelotella ketään.
Il n'avait surtout aucune intention d'effrayer sa sœur.
Hänellä ei varsinkaan ollut ajatuksia pelotella siskoaan.
**Il essayait simplement de faire demi-tour pour retourner
dans sa chambre.**
Hän yritti vain kääntyä takaisin huonettaan päin.
**Mais, compte tenu de l'aggravation de son état, même cela
devenait difficile.**
Mutta hänen pahenevassa kunnossaan tämäkin oli vaikeaa.
Et il ne pouvait plus se servir pleinement de ses jambes.
Eikä hän enää pystynyt käyttämään kaikkia jalkojaan täysin.
Il utilisa donc sa tête pour soulever son corps et se retourner.
Niinpä hän käytti päätään nostaakseen vartaloaan ja
kääntyäkseen.
**Il marqua une pause et chercha l'approbation de sa famille
du regard.**
Hän pysähtyi ja katseli ympärilleen perheen hyväksyntää
odottaen.
Il semble que sa bonne intention ait été reconnue.
Hänen hyvä aikomus näytti tulleen ymmärretyksi.
**Son mouvement ne leur avait procuré qu'un choc
momentané.**
Hänen liikkeensä oli ollut heille vain hetkellinen järkytys.
**À présent, ils le regardaient tous en silence, visiblement
malheureux.**
Nyt he kaikki katsoivat häntä onnettoman hiljaisuuden
vallassa.
La mère était toujours allongée dans le fauteuil, épuisée.
Äiti makasi yhä nojatuolissa uupuneena.
Le père et la sœur étaient assis l'un à côté de l'autre.

Isä ja sisko istuivat vierekkäin.

« Peut-être qu'ils me laisseront faire demi-tour maintenant »,
pensa Gregor.

"Ehkä he nyt antavat minun kääntyä", ajatteli Gregor.

Et il continua à effectuer son mouvement de rotation
maladroit.

Ja hän jatkoi kömpelöä kääntymisliikettään.

Il ne pouvait réprimer les halètements occasionnels dus à
l'effort.

Hän ei pystynyt tukahduttamaan satunnaisia rasituksen
aiheuttamia henkäyksiä.

Et il a été contraint de se reposer à plusieurs reprises entre-
temps.

Ja hänen täytyi levätä pari kertaa välissä.

Plus personne ne le pressait ; c'était à lui de décider.

Kukaan ei pakottanut häntä nyt kiirehtimään; se oli hänen
päätettävissään.

Finalement, il acheva ce virage lent et douloureux.

Lopulta hän suoritti hitaan ja tuskallisen käännöksen.

Il se dirigea aussitôt vers sa chambre.

Hän alkoi heti kävellä suoraan takaisin huoneeseensa.

Il était stupéfait de la distance qui le séparait de sa chambre.

Hän oli hämmästynyt siitä, kuinka kaukana hän oli
huoneestaan.

Comment, malgré sa faiblesse, avait-il réussi à y parvenir
auparavant ?

Kuinka hän oli heikkoudestaan huolimatta päässyt sinne
aiemmin?

Il avait emprunté presque le même chemin sans s'en
apercevoir.

Hän oli kulkenut lähes samaa reittiä huomaamattaan.

Il se concentrait simplement sur le fait de ramper aussi vite
qu'il le pouvait.

Hän keskittyi vain ryömimään niin nopeasti kuin nyt pystyi.

L'absence de commentaires ne le dérangeait pas.

Kenenkään kommenttien puuttuminen ei häntä häirinnyt.

Ce n'est que lorsqu'il fut déjà à l'intérieur qu'il tourna la tête.

Vasta ovella hän käänsi päätään.

Mais il n'a pas pu se retourner complètement.

Mutta hän ei pystynyt kääntymään katsoakseen kokonaan taakseen.

Car il sentit sa nuque se raidir encore davantage en se tournant.

Koska hän tunsi niskansa jäykistyvän entisestään kääntyessään.

Mais il constata que rien n'avait changé derrière lui.

Mutta hän näki, ettei mikään ollut muuttunut hänen takanaan kuitenkaan.

La seule différence, c'est que sa sœur s'était levée.

Ainoa ero oli, että hänen sisarensa oli noussut seisomaan.

Son dernier regard lui montra que sa mère s'était endormie.

Viimeinen vilkaisu osoitti, että hänen äitinsä oli nukahtanut.

Dès qu'il fut entré dans sa chambre, la porte fut fermée.

Heti kun hän oli huoneessaan, ovi sulkeutui.

Et dès que la porte fut fermée, le verrouilla.

Ja heti kun ovi suljettiin, lukko lukittiin.

Gregor fut effrayé par le bruit inattendu derrière lui.

Gregor pelästyi takaa kuuluvaa odottamatonta ääntä.

Et ses jambes fléchirent sous lui, surprises par la soudaineté.

Ja hänen jalkansa pettivät alta äkillisestä yllätyksestä.

C'est sa sœur qui s'était précipitée vers la porte derrière lui.

Se oli sisar, joka oli ryntäsi ovelle hänen takanaan.

Elle s'était déjà dressée, et l'attendait.

Hän oli jo seissyt siinä suorassa ja odottanut häntä.

Elle fit alors un petit saut en avant sans que Gregor ne l'entende.

Sitten hän hyppäsi kevyesti eteenpäin Gregorin kuulematta.

« Enfin ! » s'écria-t-elle en tournant la clé.

"Vihdoinkin!" hän huusi ääneen kääntäessään avainta.

« Et maintenant ? » se demanda Gregor, seul dans l'obscurité.

"Mitä nyt?", Gregor kysyi itseltään yksin pimeässä.

Il s'aperçut bientôt qu'il ne pouvait plus bouger du tout.
Pian hän huomasi, ettei pystynyt enää liikkumaan ollenkaan.
Mais son immobilité ne le surprenait pas vraiment.
Mutta liikkumattomuutensa ei oikeastaan yllättänyt häntä.
Pouvoir se déplacer sur des jambes aussi fines semblait ridicule.
Liikkuminen noin ohuilla jaloilla tuntui naurettavalta.
Il ne savait pas comment il avait pu y parvenir.
Hän ei tiennyt, miten hän oli koskaan pystynyt siihen.
Mais à part ça, il se sentait relativement à l'aise.
Mutta muuten hän tunsi olonsa suhteellisen mukavaksi.
Il est vrai qu'il ressentait une douleur intense dans tout le corps.
On totta, että hän tunsi syvää kipua koko kehossaan.
Mais la douleur semblait s'atténuer de plus en plus.
Mutta kipu tuntui heikkenevän ja heikkenevän.
Et il avait l'impression que la douleur finirait par disparaître.
Ja hänestä tuntui, että kipu lopulta katoaisi.
Il sentait à peine la pomme pourrie dans son dos.
Hän tuskin tunsi enää mätää omenaa selässään.
Il repensa à sa famille avec émotion et amour.
Hän muisteli perhettään liikuttuneina ja rakkaudella.
Il ressentait les émotions de sa sœur encore plus intensément qu'elle.
Hän tunsi siskonsa tunteet jopa enemmän kuin tämä oli aiemmin.
Elle avait raison ; il devait partir.
Hän oli oikeassa siinä, mitä oli sanonut; miehen oli lähdettävä.
Il passa quelque temps dans cet état désert et paisible.
Hän vietti jonkin aikaa tässä tyhjässä ja rauhallisessa tilassa.
L'horloge sonna trois fois, doucement mais fermement.
Kello löi kolme kertaa, hiljaa mutta lujasti.
Gregor fut doucement tiré de ses pensées.
Gregor herätettiin lempeästi mietteistään.
Il regarda la lumière du matin pénétrer lentement dans sa chambre.

Hän katseli aamunvalon hitaasti laskeutuvan huoneeseensa.
Puis sa tête s'affaissa complètement, malgré lui.
Sitten hänen päänsä vajosi kokonaan alas, tahtomattaan.
Et son dernier souffle s'échappa faiblement de ses narines.
Ja hänen viimeinen henkäyksensä virtasi heikosti
sieraimistaan.

**La femme de chambre est entrée dans sa chambre tôt le
matin.**
Palvelijatar tuli hänen huoneeseensa aikaisin aamulla.
**Elle n'a rien trouvé d'inhabituel lors de sa courte visite
habituelle.**
Hän ei löytänyt mitään epätavallista tavallisen lyhyen
vierailunsa aikana.
**À bout de forces et dans la précipitation, elle claqua toutes
les portes.**
Voimasta ja kiireestä hän paiskasi kaikki ovet kiinni.
**Il était impossible de dormir paisiblement dans tout
l'appartement.**
Koko asunnossa ei saanut nukuttua rauhassa.
On lui avait demandé d'éviter de faire cela le matin.
Häntä oli pyydetty välttämään tämän tekemistä aamulla.
Elle pensait qu'il restait allongé là, immobile, exprès.
Hän luuli hänen makaavan siinä tarkoituksella niin
liikkumattomana.
Peut-être voulait-il lui montrer qu'il était offensé.
Ehkä hän halusi näyttää hänelle, että oli loukkaantunut.
**Elle lui faisait confiance et pensait qu'il était doté d'une
intelligence hors du commun.**
Hän luotti siihen, että hänellä oli kaikenlaista älykkyyttä.
Il se trouve qu'elle tenait le long balai à la main.
Hän sattui pitämään pitkää luutaa kädessään.
**Alors, depuis la porte, elle essaya de chatouiller un peu
Gregor.**
Niinpä hän yritti ovelta käsin kutitella Gregoria hieman.
Elle était un peu agacée qu'il ne réponde pas du tout.
Häntä vähän harmitti, ettei hän vastannut ollenkaan.

Alors cette fois, elle le poussa un peu plus fermement.
Niinpä hän painoi häntä tällä kertaa hieman lujemmin.
Comme il n'opposait aucune résistance, elle l'examina de plus près.
Kun hän ei osoittanut vastarintaa, nainen katsoi häntä tarkemmin.
Elle comprit rapidement ce qui était réellement arrivé à Gregor.
Pian hän tajusi, mitä Gregorille oli todella tapahtunut.
Elle ouvrit davantage les yeux et siffla pour elle-même.
Hän avasi silmänsä leveämmälle ja vihelsi itsekseen.
Mais elle n'a pas tardé à ouvrir la porte.
Mutta hän ei tuhlannut paljoa aikaa ennen kuin avasi oven.
Et elle cria d'une voix forte dans l'obscurité :
Ja hän huusi kovalla äänellä pimeyteen:
«Viens voir, il est là, complètement mort.»
"Tule katsomaan, tuolla se makaa, aivan kuolleena."
Les deux parents étaient assis bien droits dans leur lit conjugal.
Kaksi vanhempaa istui suorana aviovuoteessaan.
Il leur fallait d'abord surmonter le choc du bruit.
Ensin heidän täytyi selvitä melun aiheuttamasta järkytyksestä.
Mais peu à peu, ils ont commencé à comprendre son message.
Mutta sitten he alkoivat hitaasti ymmärtää hänen viestiään.
Monsieur et Madame Samsa ont chacun sauté de leur côté du lit.
Herra ja rouva Samsa hyppäsivät kumpikin omalta puoleltaan sängystä.
M. Samsa jeta l'épaisse couverture sur ses épaules.
Herra Samsa heitti paksun peiton harteilleen.
Et Mme Samsa sortit vêtue uniquement de sa chemise de nuit.
Ja rouva Samsa tuli ulos yllään vain yöpaita.
C'est ainsi qu'ils entrèrent dans la chambre de Gregor.
Ja niin he astuivat Gregorin huoneeseen.
Entre-temps, la porte du salon s'était également ouverte.

Samaan aikaan olohuoneen ovi oli myös avautunut.

Grete y dormait depuis l'emménagement des locataires.

Grete oli nukkunut siellä siitä lähtien, kun vuokralaiset muuttivat sisään.

Elle était entièrement habillée comme si elle n'avait pas dormi du tout.

Hän oli täysin pukeutunut, aivan kuin ei olisi nukkunut ollenkaan.

Son visage pâle semblait également témoigner de son manque de sommeil.

Myös hänen kalpea kasvonsa näyttivät todistavan unenpuutteesta.

« Il est mort ? » demanda Mme Samsa en regardant la bonne.

"Onko hän kuollut?" kysyi rouva Samsa katsoen piikaa.

Elle aurait pu le confirmer en le regardant elle-même.

Hän olisi voinut varmistaa tämän katsomalla häntä itse.

« Je le crois », dit la bonne en ramassant le balai.

"Niin minä luulen", sanoi piika ja nosti luudan.

Et elle a poussé son corps sur une longue distance à travers le sol.

Ja hän työnsi hänen ruumiinsa pitkälle lattiaa pitkin.

Mme Samsa fit un mouvement comme si elle voulait l'arrêter.

Rouva Samsa liikahti aivan kuin haluaisi pysäyttää hänet.

Mais finalement, elle a laissé la bonne faire glisser Gregor.

Mutta lopulta hän antoi palvelijan liu'uttaa Gregoria ympäriinsä.

« Eh bien, » dit M. Samsa, « enfin nous pouvons remercier Dieu. »

– No niin, sanoi herra Samsa, – vihdoinkin voimme kiittää Jumalaa.

Il fit le signe de croix : tête, poitrine, épaules.

Hän teki ristinmerkin; pää, rinta, hartiat.

Et les trois femmes suivirent son exemple religieux.

Ja nuo kolme naista seurasivat hänen uskonnollista esimerkkiään.

Grete, qui ne quittait pas le cadavre des yeux, dit :

Grete, joka ei irrottanut katsettaan ruumiista, sanoi;

«Regardez comme il est maigre, il n'a pas mangé depuis si longtemps.»

"Katso kuinka laiha hän oli, hän ei ole syönyt niin pitkään aikaan."

« La nourriture que je lui laissais chaque matin restait toujours intacte. »

"Ruoka, jonka jätin hänelle joka aamu, oli aina koskematonta."

En fait, le corps de Gregor était complètement plat et sec.

Itse asiassa Gregorin ruumis oli täysin litteä ja kuiva.

C'était plus visible maintenant qu'il était au sol.

Tämä näkyi selvemmin nyt, kun hän oli maassa.

Parce que son corps n'était plus soutenu par ses jambes.

Koska hänen ruumistaan ei enää nostettu jalkojen varaan.

Et parce que rien d'autre ne venait distraire la vue.

Ja koska mikään muu ei häirinnyt näkökenttää.

«Viens avec nous un moment, Grete», dit Mme Samsa.

"Tule sisään kanssamme hetkeksi, Grete", sanoi rouva Samsa.

Un sourire douloureux se dessinait sur ses lèvres lorsqu'elle parlait.

Hänen huulillaan oli tuskallinen hymy hänen puhuessaan.

Grete les suivit, mais jeta aussi un coup d'œil en arrière au cadavre.

Grete seurasi heitä, mutta katsoi myös taakseen ruumista.

La bonne ferma la porte et ouvrit grand la fenêtre.

Palvelija sulki oven ja avasi ikkunan kokonaan.

Il était encore tôt, l'air était donc normalement froid.

Oli vielä aamuyö, joten ilma olisi normaalisti kylmä.

Mais il y avait aussi un mélange de chaleur dans l'air froid.

Mutta kylmässä ilmassa oli myös lämmön sekoitus.

Comme un doux rappel que c'était désormais la fin du mois de mars.

Kuin pehmeä muistutus siitä, että nyt oli maaliskuun loppu.

Les trois locataires sortirent alors eux aussi de leur chambre.

Myös kolme vuokralaista astuivat ulos huoneistaan.

Ils cherchèrent leur petit-déjeuner avec étonnement.

He katselivat ympärilleen hämmästyneinä etsien aamiaistaan.

Le petit-déjeuner a été oublié à cause de ce que la femme de chambre a trouvé.
Aamiainen unohtui piian löytämän asian takia.
« Où est le petit-déjeuner ? » grommela l'homme du milieu.
"Missä on aamiainen?" keskimmäinen herrasmies mutisi.
La bonne porta son doigt à sa bouche pour demander le silence.
Palvelijatar laittoi sormensa suulleen käskeäkseen hiljaisuutta.
Et elle salua les messieurs d'un geste rapide et silencieux.
Ja hän vilkutti kiireesti ja hiljaa herroille.
La servante fit entrer les trois messieurs dans la pièce.
Palvelijatar johdatti kolme herrasmiestä huoneeseen.
Et elle a continué à leur expliquer ce qui s'était passé.
Ja hän jatkoi heille tapahtuneen selittämistä.
Et les trois messieurs se tinrent autour du corps de Gregor.
Ja kolme herrasmiestä seisoi Gregorin ruumiin ympärillä.
Les mains dans les poches, ils baissèrent les yeux.
Kädet taskuissa he katsoivat alas.
La lumière du matin inondait désormais complètement la pièce.
Aamun valo oli nyt tulvinut huoneeseen kokonaan.
La porte de la chambre s'ouvrit alors et M. Samsa apparut.
Sitten makuuhuoneen ovi avautui ja herra Samsa ilmestyi.
D'un côté se trouvait sa femme, et de l'autre sa fille.
Toisella puolella oli hänen vaimonsa ja toisella puolella tyttärensä.
M. Samsa portait déjà son uniforme.
Herra Samsalla oli jo univormu yllään.
On pouvait voir qu'ils avaient tous un peu pleuré.
Näki, että kaikki olivat itkeneet vähän.
Grete pressa son visage contre le bras de son père.
Grete painoi kasvonsa isänsä käsivartta vasten.
« Quittez mon appartement immédiatement ! » ordonna M. Samsa.
"Poistu asunnostani heti!" käski herra Samsa.
Et il désigna la porte sans laisser partir les femmes.
Ja hän osoitti ovea päästämättä naisia menemään.

« Que voulez-vous dire ? » demanda l'intermédiaire, déconcerté.

"Mitä tarkoitat?" kysyi keskimmäinen mies hämmentyneenä.

Et il fit de son mieux pour sourire gentiment à M. Samsa.

Ja hän teki parhaansa hymyilläkseen herra Samsalle suloisesti.

Les deux autres tenaient leurs mains derrière leur dos.

Kaksi muuta pitivät käsiään selän takana.

Et ils se frottèrent les mains d'impatience.

Ja he hieroivat käsiään yhteen odottaen.

Ils semblaient s'attendre à une violente dispute.

He näyttivät odottavan kovaäänistä riitaa.

Mais ils semblaient se réjouir de la dispute à venir.

Mutta he näyttivät olevan iloisia tulevasta väittelystä.

Ils pensaient que le litige tournerait à leur avantage.

He luulivat, että riita kääntyisi heidän edukseen.

« Je maintiens exactement ce que je viens de dire », a répondu M. Samsa.

– Tarkoitan juuri sitä, mitä juuri sanoin, vastasi herra Samsa.

Il marchait en ligne droite avec ses deux compagnons.

Hän käveli suorassa linjassa kahden seuralaisensa kanssa.

Et M. Samsa s'est adressé directement à leur responsable.

Ja herra Samsa lähestyi suoraan heidän johtavaa herrasmiestä.

Le monsieur resta d'abord immobile, le regard fixé au sol.

Herrasmies seisoi ensin paikoillaan ja katsoi maahan.

Le contenu de sa tête était encore en train de se réorganiser.

Hänen päänsä sisältö järjestyi yhä.

« Très bien, nous y allons », dit-il en levant les yeux vers M. Samsa.

"Selvä, mennään", hän sanoi ja katsoi herra Samsaa.

Une nouvelle humilité semblait l'avoir soudainement envahi.

Uusi nöyryys tuntui yhtäkkiä vallanneen hänet.

Et il semblait demander la permission pour cette décision.

Ja hän näytti pyytävän lupaa tälle päätökselle.

M. Samsa ouvrit grand les yeux et hocha légèrement la tête.

Herra Samsa avasi silmänsä ammolleen ja nyökkäsi hieman.

Les messieurs obéirent immédiatement à son ordre.

Herrat noudattivat heti hänen käskyään.
Et ils ont effectivement fait de longues enjambées dans le couloir.
Ja he todellakin astuivat pitkiä askeleita käytävään.
Ses amis avaient déjà cessé de se frotter les mains.
Hänen ystävänsä olivat jo lopettaneet käsiensä hieromisen.
Ils avaient écouté le déroulement de la conversation.
He olivat kuunnelleet, miten keskustelu eteni.
Et maintenant, ils couraient après lui, comme pris de peur.
Ja nyt he juoksivat hänen perässään, ikään kuin peloissaan.
M. Samsa pourrait encore les isoler de leur chef.
Herra Samsa saattaisi silti eristää heidät johtajastaan.
Ils ont sorti leurs bâtons du récipient.
He vetivät keppinsä keppirasiasta.
Et ils s'inclinèrent en silence avant de quitter l'appartement.
Ja he kumarsivat äänettömästi ennen kuin lähtivät asunnosta.
M. Samsa et les deux femmes sortirent sur le parvis.
Herra Samsa ja kaksi naista astuivat ulos etupihalle.
Mais en réalité, ils n'avaient aucune raison de se méfier de ces hommes.
Mutta todellisuudessa heillä ei ollut mitään syytä epäillä miehiä.
Ils s'appuyèrent sur la rambarde pour vérifier s'ils étaient partis.
He nojasivat kaiteeseen tarkistaakseen, olivatko he lähteneet.
Les trois messieurs descendaient effectivement les escaliers.
Kolme herrasmiestä todellakin laskeutuivat portaita.
Ils disparurent dans un virage de l'escalier.
Tietyssä portaikon mutkassa ne katosivat.
Puis l'escalier les ramena à la vue.
Ja sitten portaikko toi heidät taas näkyviin.
Ce phénomène d'apparition et de disparition se répétait à chaque étage.
Tämä ilmestyminen ja katoaminen toistui joka kerroksessa.
Mais finalement, ils étaient presque arrivés au fond.
Mutta lopulta he olivat melkein pohjalla.
Plus ils avançaient, moins ils étaient intéressants.

Mitä pidemmälle he menivät, sitä epäkiinnostavammiksi he
kävivät.
Tout le monde est rentré à la maison, comme soulagé.
Kaikki palasivat kotiin kuin helpottuneina.
**Ils décidèrent de profiter de la journée pour se reposer et
aller se promener.**
He päättivät käyttää päivän lepäämiseen ja kävelylle
lähtemiseen.
Ils estimaient avoir mérité cette pause dans leur travail.
He kokivat ansainneensa tämän tauon työstään.
**Non seulement ils méritaient cette pause, mais ils en avaient
besoin.**
He eivät ainoastaan ansainneet tätä taukoa, he tarvitsivat sen.
Ils s'assirent à table pour écrire des lettres d'excuses.
He istuutuivat pöydän ääreen kirjoittamaan
anteeksipyyntökirjeitä.
M. Samsa a adressé une lettre d'excuses à sa direction.
Herra Samsa kirjoitti anteeksipyyntökirjeen johdolleen.
Mme Samsa a écrit sa lettre d'excuses à ses clients.
Rouva Samsa kirjoitti anteeksipyyntökirjeensä asiakkailleen.
Et Grete a écrit sa lettre d'excuses à son directeur.
Ja Grete kirjoitti anteeksipyyntökirjeensä rehtorilleen.
Pendant qu'ils écrivaient tous, la bonne entra dans la pièce.
Heidän kaikkien kirjoittaessa piika tuli huoneeseen.
**Son travail du matin était terminé, elle rentrait donc chez
elle.**
Hänen aamutyönsä oli tehty, joten hän oli menossa kotiin.
**Les trois écrivains hochèrent d'abord la tête, sans lever les
yeux.**
Kolme kirjoittajaa nyökkäsivät ensin katsomatta ylös.
Mais la bonne ne semblait pas encore vouloir partir.
Mutta piika ei näyttänyt haluavan vielä lähteä.
**Elle attendit un peu, jusqu'à ce que les trois écrivains lèvent
les yeux.**
Hän odotti hetken, kunnes kolme kirjoittajaa katsoivat ylös.
**« Eh bien ? » demanda M. Samsa, en colère, comme l'étaient
les autres.**

"No niin?" kysyi herra Samsa vihaisena, kuten muutkin.

La bonne se tenait sur le seuil, un sourire aux lèvres.

Palvelijatar seisoi oviaukossa hymy huulillaan.

Elle donnait l'impression d'avoir de bonnes nouvelles à annoncer.

Hän antoi ymmärtää, että hänellä oli hyviä uutisia kerrottavanaan.

Mais elle n'allait pas partager la nouvelle à moins qu'on ne le lui demande.

Mutta hän ei aikonut kertoa uutista, ellei häntä pyydettäisi.

La plume d'autruche dressée sur son chapeau oscillait légèrement.

Hänen hatussaan pystyssä oleva strutsinsulka huojui hieman.

Cette plume d'autruche avait toujours agacé M. Samsa.

Tuo strutsinsulka oli aina ärsyttänyt herra Samsaa.

« Alors, que voulez-vous ? » demanda Mme Samsa, d'un ton ferme.

"No, mitä te sitten haluatte?" kysyi rouva Samsa lujasti.

La bonne avait encore beaucoup de respect pour Mme Samsa.

Palvelijatar kunnioitti edelleen paljon rouva Samsaa.

« Oui », répondit-elle, et elle éclata d'un rire amical.

"Kyllä", hän vastasi ja puhkesi ystävälliseen nauruun.

Un instant, son rire l'empêcha de parler.

Hetken aikaa hänen naurunsa esti häntä puhumasta.

« Tu n'as pas à t'inquiéter pour ce qui se passe chez le voisin. »

"Sinun ei tarvitse huolehtia tuosta naapurista."

« J'ai déjà prévu comment nous allons nous en débarrasser. »

"Olen jo järjestänyt, miten pääsemme siitä eroon."

Mme Samsa et Grete continuèrent à écrire leurs lettres.

Rouva Samsa ja Grete jatkoivat kirjeidensä kirjoittamista.

Mais M. Samsa remarqua que la bonne n'avait pas encore terminé.

Mutta herra Samsa huomasi, ettei piika ollut vielä lopettanut.

Elle voulait maintenant tout décrire plus en détail.

Nyt hän halusi kuvailla kaiken tarkemmin.

Mais il tendit la main pour repousser ses avances.
Mutta hän ojensi kätensä torjuakseen hänen yrityksensä.
Elle s'est rendu compte qu'ils n'étaient pas intéressés par ses projets.
Hän tajusi, etteivät he olleet kiinnostuneita hänen suunnitelmistaan.
Et puis elle se souvint de la grande précipitation dans laquelle elle avait été.
Ja sitten hän muisti, kuinka kiireinen hän oli ollut.
« Ciao alors », dit-elle, insultée par ce manque d'intérêt.
"Ciao sitten", hän sanoi loukkaantuneena kiinnostuksen puutteesta.
Mais avant de partir, elle a claqué la porte très fort.
Mutta ennen lähtöään hän paiskasi oven hirveän lujaa kiinni.
« Elle sera licenciée ce soir », a déclaré M. Samsa.
"Hänet potkaistaan illalla", sanoi herra Samsa.
Mais sa femme et sa fille étaient trop occupées pour lui répondre.
Mutta hänen vaimonsa ja tyttärensä olivat liian kiireisiä vastatakseen hänelle.
Parce que la bonne avait troublé leur paix nouvellement acquise.
Koska piika oli häirinnyt heidän juuri saavuttamaansa rauhaa.
La mère et la fille se levèrent pour aller à la fenêtre.
Äiti ja tytär nousivat ylös mennäkseen ikkunalle.
Et, enlacés, ils restèrent là.
Ja kädet toistensa ympärillä he pysyivät siinä.
M. Samsa se tourna sur sa chaise pour les regarder.
Herra Samsa kääntyi tuolissaan katsoakseen heitä.
Et pendant un moment, il les observa en silence, immobiles là.
Ja hetken aikaa hän katseli heitä hiljaa seisomassa siinä.
Finalement, il leur cria : « Viendrez-vous à moi ? »
Lopulta hän huusi heille: "Tulisitteko luokseni?"
«Oublions tout ça, d'accord ?»
"Unohdetaanpa kaikki vanhat jutut, eikö niin?"
«Viens à moi et accorde-moi un peu d'attention.»

"Tule luokseni ja anna minulle vähän huomiotasi."
**Les deux femmes firent ce qu'il leur avait dit et se
précipitèrent vers lui.**
Kaksi naista tekivät niin kuin hän käski ja ryntäsivät hänen
luokseen.
Ils lui ont fait une accolade affectueuse et l'ont embrassé.
He antoivat hänelle hellän halauksen ja suukottivat häntä.
**Ils retournèrent rapidement pour terminer la rédaction de
leurs lettres.**
He palasivat nopeasti kirjoittamaan kirjeensä loppuun.
Puis, tous les trois, ils quittèrent l'appartement ensemble.
Sitten kaikki kolme poistuivat asunnosta yhdessä.
Ils n'étaient pas sortis ensemble depuis des mois.
He eivät olleet lähteneet ulos kotoa yhdessä kuukausiin.
Et ils prirent le tramway jusqu'à la périphérie de la ville.
Ja he ottivat raitiovaunun kaupungin laitamille.
Ils avaient toute la rame du tramway pour eux seuls.
Heillä oli koko raitiovaunun vaunu omassa käytössään.
La lumière du soleil inondait la pièce par la fenêtre.
Auringonpaiste tulvi ikkunasta sisään ulkoa.
La famille se cala confortablement dans ses sièges.
Perhe nojasi mukavasti taaksepäin istuimissaan.
Et ils ont discuté de leurs perspectives d'avenir.
Ja he keskustelivat tulevaisuudennäkymistään.
**À y regarder de plus près, leurs perspectives n'étaient pas
mauvaises.**
Lähemmin tarkasteltuna heidän tulevaisuudennäkymänsä
eivät olleet huonot.
**Tous les trois occupaient des emplois qui leur permettraient
de gagner davantage.**
Kaikilla kolmella oli työpaikkoja, joissa oli mahdollisuus
ansaita enemmän.
**Ils ne s'étaient jamais interrogés l'un sur l'autre concernant
leur travail.**
He eivät olleet koskaan kysyneet toisiltaan työstään.
**Mais maintenant, ils avaient enfin le temps de discuter de
ces choses-là.**

Mutta nyt heillä oli vihdoin aikaa keskustella tällaisista
asioista.
**Ils avaient également la possibilité de déménager dans un
appartement plus petit.**
Heillä oli myös mahdollisuus muuttaa pienempään asuntoon.
Cela aurait le plus grand impact sur leur vie.
Tällä olisi suurin vaikutus heidän elämäänsä.
Leur appartement actuel avait été choisi par Gregor.
Gregor oli valinnut heidän nykyisen asuntonsa.
**Mais maintenant, ils pourraient déménager dans un endroit
plus abordable.**
Mutta nyt he voisivat muuttaa jonnekin edullisempaan
paikkaan.
**Un appartement plus petit, mais dans un endroit plus
pratique.**
Pienempi asunto, mutta käytännöllisempi paikka.
Parler de l'avenir a redonné vie à Grete.
Tulevaisuudesta puhuminen piristi Greteä jälleen.
**Monsieur et Madame Samsa ont également remarqué
d'autres changements chez elle.**
Herra ja rouva Samsa huomasivat hänessä myös muita
muutoksia.
Ses joues étaient devenues pâles à cause de tous ses soucis.
Hänen poskensa olivat kalpenneet kaikista huolista.
**Mais à présent, leur fille s'épanouissait et devenait une
femme remarquable.**
Mutta nyt heidän tyttärestään oli tulossa kaunis nainen.
C'était vraiment une belle et jolie jeune femme, maintenant.
Hän oli nyt todellakin hyvin rakentunut ja komea nuori
nainen.
Ses parents se turent et admirèrent leur fille.
Hänen vanhempansa hiljenivät ja ihailivat tytärtään.
Ils échangèrent un regard, communiquant inconsciemment.
He vilkaisivat toisiaan tiedostamattaan kommunikoiden.
« Il sera bientôt temps de lui trouver un homme bien. »
"Pian on aika löytää hänelle hyvä mies."
Le tramway était arrivé à destination et avait ralenti.

Raitiovaunu oli saapunut määränpäähänsä ja hidasti vauhtia.
Leur fille semblait confirmer leurs nouveaux rêves.
Heidän tyttärensä näytti vahvistavan heidän uudet
unelmansa.
Elle fut la première à se lever et à étirer son jeune corps.
Hän nousi ensimmäisenä seisomaan ja venytti nuorta
vartaloaan.